小説　水は海に向かって流れる

森 らむね
原作 田島列島｜脚本 大島里美

目次

カバー写真――しふぉん|Shiho Kawahara
デザイン――小柳萌加（next door design）

小説

水は海に向かって流れる

第1章

追い傘

1

しわくちゃな空だった。熊沢直達《くまざわなおたつ》が駅の改札を出ると、とうとう空は声を荒らげて泣きだしていた。しくしくとした雨声と共に、つんとアスファルトの匂いが舞い上がる。

上屋《うわや》の下で足止めをくらう直達の横を、色とりどりの傘が水流に飛び込む魚のように、開かれては通り過ぎていく。背負ったリュックとボストンバッグは大量の荷物で満腹状態だというのに、傘を持ってはこなかった。パーカーの上に青いブルゾンを重ねて着ていたが、穿《は》いていたジーンズがじんわり冷えてくる。

時刻は午後八時をまわっていた。ひとけのなくなった駅にぽつんとひとり取り残されていた直達は、前方から赤いチェック柄の傘を差した女性がこちらに向かって歩いてきているのに気付いて暗闇に目を凝らす。

女性は片方の手に男物の長傘をぶら下げて目の前で立ち止まると、傘の隙間から直達を見て素っ気ない声を発した。

「君のおじさんは今手が離せない状態ですので、代わりに迎えにきました。榊《さかき》です」

「直達くん？」

「……あ、はい」

よそよそしく会釈する榊に、直達も頭を下げた。

「……あ、熊沢です。ありがとうございます」

榊千紗《ちさ》の細い腕にかかっていた傘が、にべもなく直達の手に渡される。榊はニコリともしないまま、直達の顔をちらと見ると、すぐに背を向けて談笑する隙も見せずに歩きだしてしまった。

直達は慌てて傘を開き、今にも雨の中に消えてしまいそうな榊の後を追う。土手沿いの長い一本道で、数メートル後ろを黙って着いていきながら、直達は榊の子供のようにサラサラとした短い黒髪が風になびくのを見つめた。

何故《なぜ》だか無愛想なこの案内人は、叔父の彼女だろうかと考える。水色のロングコートの下から首元だけ覗《のぞ》く青のタートルネックのセーターが、榊の透き通るように白く瑞々《みずみず》しい肌を強調させていた。

身長は自分より低いが、その背中からはひと言も話しかけてくれるなという無言の圧を感じる。まるで身に覚えのない罪で法廷に引きずり出された被告人にでもなったかのような、妙な緊張感が直達の息を詰まらせた。沈黙が続き、そろそろ何か声でもかけてみようかというところで、榊が急に歩みを止める。

「あそこ」

と指を差し、榊は直達を振り返った。

「え？」

榊が示した先には、トーテムポールが聳《そび》える二階建ての一軒家があった。それを見てあんぐりと口を開ける直達をよそに、榊がすたすたと先を行く。

古いながらも手入れされた小宿のようなこの一軒家が、本当にあの叔父の住居なのだろうかと、半ば信じ難く、心許《こころもと》なげに立派な屋根瓦を見上げた。

「あのー。ここが、茂道《しげみち》おじさんの家なんですか？」

「そうだけど」

玄関まで続く石畳を踏んで庇《ひさし》の下まで辿《たど》り着くと、榊は傘を閉じて引き戸を開け、中に入っていった。

「そうですか……」

榊に倣って直達も、玄関の角に置かれた傘立てに傘を差して敷居を跨《また》ぐ。戸惑いながらも引き戸を閉める直達の方を、既にレインブーツを脱いで上がり框《かまち》に立った榊が、ぶっきらぼうに振り向いた。

「お腹《なか》空いてる？」

玄関の照明の下で、センター分けの前髪から、目鼻立ちの整った榊の顔が初めてはっきり見えた。薄っすら化粧っけのある頰から、歳上であることがわかる。

土間に立ち尽くしたまま榊を目だけで見上げた途端、何かが全身を駆け巡ろうとする強い痺《しび》れを感じて、直達は思わずたじろぎそうになった。爪先から上ってくる、その熱湯のようなたぎりに身体《からだ》が硬直してしまう。

それは直達が十六年間生きてきて初めての感覚だった。

「……あ、はい」

口籠もりながらも素直に答えると、榊はそんな直達を一瞥《いちべつ》して、廊下の奥の部屋へと消えていった。

エスニック雑貨店のような個性的な置物がそこかしこに飾られた色とりどりの室内を眺めまわしながら、直達も榊の背中を追う。

廊下を進んで奥の部屋に入ると、広く開放的なリビングは仕切りのない空間で区切られていて、左側には大きなソファと長テーブルを囲むように、本棚と石油ストーブが据《す》えつけられていた。右側は畳部屋になっていて、炬燵《こたつ》の上にはみかんがお約束のように置かれている。

正面のダイニングテーブルを挟んで向こう側には見晴らしのいいキッチンがあり、暖簾《のれん》で遮られた小さな隣部屋にはドラム式の洗濯乾燥機が見えた。

「座って待ってて」

という指示通り、直達は柱の脇に大荷物を下ろす。目の前のダイニングテーブルに腰掛けると、エプロン姿で髪を結う榊の後ろ姿を眺めた。

榊がキッチンの冷蔵庫から具材を出し、調理の準備に取り掛かる。

どばどばと麺つゆを注いだ鍋を火にかけると、まな板の上でダダンと、くし切りにした玉ねぎを放り込んだ。玉ねぎが汁を吸ってしんなりしてきた頃合いで、榊は教科書ほどの大きさの薄切り牛サーロイン肉をパックから引っぺがし、切らずにそのまま鍋に投入した。ぐつぐつと沸騰する音の中で、菜箸が踊るように肉をほぐしている。

その豪快で荒々しい料理姿を内心はらはらと見つめていた直達の前に、ベッドの上に脱ぎ捨てられた服のように積み重なった牛肉の丼が差し出された。

「どうぞ」

と直達の斜め前の席に腰を下ろして足を組むと、榊はプシッとプルタブを引き、自分用の缶ビールをごきゅごきゅと喉に流し込んだ。

「あ、ありがとうございます……いただきます」

直達は自分の顔よりも大きな肉の短冊を箸で持ち上げ、恐る恐る口に入れた。

「……！　うまっ！」

口に含んだ瞬間、風景が一変した。正体不明の牛を探して、よもや宇宙にでもやってきてしまったかのような気分だった。

いやいやそんなまさか、と更にもうひと口掻《か》き入れて、いよいよ箸が止まらなくなる。

「……うまっ！」

柔らかい、信じられない。こんなに美味《うま》い牛丼は食べたことがない。

嚙《か》むたびにじゅわっと肉汁が溢《あふ》れ出し、舌の上でとろけて消える。その贅沢《ぜいたく》な舌触りと、脂の甘い香りが口の中で広がって、直達は喉が震える美味さに眼をむいた。

口内に降臨した未知なる牛に、お前はどうしてこんなに美味《おい》しいの？　と聞きたくなるほど美味い。

これだけ料理上手な人が彼女なのだとしたら、叔父はさぞかし太っただろうと想像しながら、なんとなく心がざわついた。三十過ぎの叔父よりもうら若いすずやかさから、榊は二十代半ばといったところだろう。

自分と十歳程度の歳の差ならばと、ふと頭を過《よ》ぎる。

空腹が満たされていき、視線を上げると、榊とちょうど目が合った。さっと目線を外す榊を見て、直達はまだ牛丼の感想を伝えていなかったことに気付く。

「あっ……美味しいです、この牛丼。この肉最高です！」

そう正直に言ってしまうと、これが相手に失礼な物言いだったことに気付いて直達は慌てて口いっぱいに詰め込んだ牛肉を手で押し込んだ。料理の味付けではなく肉の方を褒めるという、深刻な過ちを犯してしまった。

何か言い添えようとする直達を直視することもなく、榊がまたひと飲みし、唇をビールで濡《ぬ》らす。

「そう。……あ、牛から育ててはないけど」

そんな榊の返しに、直達は口の中のものをごくんと飲み込み、黒目をくりくりさせた。

もはやこれは、どんなに褒めても褒めきれるものではないような気がする。

ひと口食べるごとに無重力の世界にいざなわれるような魔力的なものを感じるが、宇宙が見えます、と言った瞬間、中二病者の烙印《らくいん》を押されるのがオチだろう。困ったことに、こんな取りとめのない言葉でしか言い表しようがないほど反則級の美味《うま》さだった。

「……大丈夫です、わかってます」

気まずい空気をほぐそうとして、直達は再び箸を止めた。

「……あの……う、榊さんって、おじさんの彼女なんですか？」

「違います」

言い切る前に否定され、直達が次の会話を探していると、その横を榊と同年代くらいの見知らぬ青年が通り掛かった。

前髪をカチューシャであげ、桜色のカーディガンを着た青年が、風呂上がりのシャンプーの香りを漂わせながら直達の牛丼を覗き込んだ。

「お、いいなあ、ポトラッチ丼だ」

「ポトラッチ？」

耳慣れない言葉に頭を捻《ひね》る直達に、青年が気さくな笑顔を向ける。

と同時に、青年が両手で抱えている大きな洗濯籠が目の前の視界を埋め尽くし、直達はその中身にギョッとした。ドレスと女性物の下着が山積みになった洗濯籠を抱えながら、青年は隠す素振りも見せずにハツラツとしている。

「ニゲミチ先生の甥《おい》っ子？」

洗濯籠を足元に置き、青年が冷蔵庫から缶ビールを出して直達に聞いた。

「ニゲミチ？」

聞いたことのない名前だった。まるで転職アドバイザーか、マルチ商法の会員達に呼び親しまれるような愛称だ。そもそもサラリーマンであるはずの叔父が先生と呼ばれ、広大な一軒家に住んでいること自体が不可解である。

それに加えて、目の前に現れた青年と榊が何者であるかもわからなかった。知らぬ間に自分は推理小説の中にでも迷い込んでしまったのではないかと、直達は目をまじろいだ。

「住むんでしょ、ここに」

「あ、はい。通ってる高校が家から遠くて、おじさんの家から通わせてもらうことになりました」

「うん、俺もここに住んでる泉谷《いずみや》」

風呂上がりのビールをぐいっと喉に流し込むと、その青年、泉谷颯《はやて》はしれっと言ってのけた。

「『住んでる』？」

「あとひとりは海外出張中だから、君入れて五人か」

「五人？」

「うん、よろしくね」

そう言って颯は輝かんばかりの善良そうな笑みを向け、直達に手を差し出した。

「お願いします……」

直達がその手を両手で握り返すと、颯は嬉《うれ》しそうにぶんぶんと腕を振った。

握手を終えると、床に置いた洗濯籠を持ち上げて暖簾をくぐり、颯が隣のランドリールームへ向かおうとしたので、直達は急いで問いかけた。

「あ、あの！　ここって、茂道おじさんひとりの家じゃないんですか？」

直達の質問に、榊と颯が、ぱちくりと顔を見合わせる。

暖簾の間から覗かせた顔を何も言わずにくるりと引っ込める颯を見て、残された榊が仕方なく口を開いた。

「……聞いてないの？」

＊

食事を終えると、納戸のような二階の角部屋に案内された。

その隣部屋が、直達をこの家に居候として招き入れた張本人の部屋であることだけを言い残すと、榊はとっとと階段を降りていってしまった。

隣室の襖《ふすま》をノックした直達を、部屋の中からぬうっと伸びてきた腕が、室内へと引きずり込んだ。

そうして今、どういう訳か、直達は炬燵の上で漫画原稿のベタ塗りを手伝わされている。

「会社に勤めてた時はさ、ひとり暮らししてたんだよ」

直達の叔父、歌川《うたがわ》茂道が、少年漫画のネームにペン入れをしながら釈明するように吐露した。

「会社辞めたら、お金なくなって、家賃払えなくなって。んで、このシェアハウス見つけてさ」

茂道の部屋は足の踏み場もないほどの漫画と画材道具が散乱していて、おもちゃ箱をひっくり返したような有様だった。小さな机の前で窮屈そうに足を折り畳み、漫画を描いている茂道の頭上には、「一ページ、一ビール」と「ニゲるな俺！」と書き殴られた張り紙と共に、キャラクターの設計図が壁に貼り出されている。

その部屋の大半を埋め尽くしている炬燵の中で、直達は藪《やぶ》から棒に強制労働を強いられていた。茂道の垢《あか》抜けない黒縁眼鏡は昔と変わらないままだったが、伸びっぱなしの髪を耳付きのおかしなニット帽で隠し、ちゃんちゃんこを羽織って背中を丸めたその姿は、どう見ても現役サラリーマンの風貌とは程遠い。

「父さんも母さんもおじさんの家で世話になるって思ってるよ」

「同じようなもんだろ」

「……シェアハウスってバレたら、家から通えって言われそう」

筆ペンで主人公の髪を塗り潰している直達の後ろで、紙の上をガリガリとなぞるペン入れの音が止まった。

「お前の母ちゃん厳しいもんなぁ……」

そう言ってぱっと振り返った茂道が、深刻な顔で直達に釘《くぎ》を刺す。

「直、母ちゃんには言うなよ。祖父《じい》ちゃんと祖母《ばあ》ちゃんにも」

「え、シェアハウスのこと？　会社辞めて漫画家やってること？」

直達も筆を止めて茂道を見返した。

「全部だよ、全部！」

じたばたする茂道に、直達が不服を申し立てる。

「なんで」

茂道は肩をすぼめて、糸の切れた糸繰り人形のようにしょぼくれてみせた。

「……俺があの人たちの思うような子供じゃないってことがバレてしまーう……」

「いい加減、反抗期終わらせてよ……」

直達は筆を置き、くたびれたように畳の上で寝そべった。

最近は受験勉強で絵も描けていない。漫画を生業《なりわい》としている叔父までもがこそこそしているくらいなのだから、美大を志望校にすることさえ自分にはきっと叶わないだろう。本音では、家族に反抗して好きなように生きている叔父が心底羨ましかった。

普通の会社に勤めて普通の家庭を持つことが人生の正解だなんて思いたくもないくせに、無機質なロボットのようにいつも両親の言うことばかり聞いてしまう。

いつからか自分は、誰に対しても怒ることができなくなっている。

部屋の隅に乱雑に積まれた少年漫画雑誌を枕代わりにすると、顔のすぐ横に転がっていた漫画の表紙には、新連載のタイトルが大きく掲載されていた。

作者『ウシロニゲミチ』の名前を横目に、直達は溜《た》め息《いき》を吐《つ》く。

「だいたい、どうなの？　ニゲミチってペンネーム」

「うるせー。サボるなよ、もう締切すぎてんだぞ！」

原稿を指して声を尖《とが》らせる茂道を無視して、直達はウトウトと目を瞑《つむ》りながら枕の具合を調整した。

「お腹いっぱいなんだもん……」

「初日からポトラッチ丼もらうなんて、ついてるなぁ」

そう言われて思い出し、直達は身体を起こしてペン入れをしている茂道の横顔を覗き込んだ。

「ポトラッチって何？」

「ポトラッチってのは、北米の先住民が冠婚葬祭で宴会をして、アホほど贈り物をしあう祭りなんだけど、自分の気前の良さを見せつけるために乱暴なこともしてたのね。榊さんは、時々かなり上等な肉を買ってきては、普通の玉ねぎと普通の麺つゆで暴力的に煮付けたものを振る舞ってくれるから、この名がついた」

人差し指を立てて得意げに説明をする茂道に、直達が感心して呟《つぶや》いた。

「暴力的……確かに」

必要最低限の具材と調味料で豪快に調理する榊の姿を思い返す。

あまりの美味しさに危うく禁断の恋に落ちかけたが、あれは肉の力だったのか。

胃袋を摑《つか》まれるとはこういうことなのだろうと思うと、直達は一瞬でも榊との未来を妄想してしまった自分が少しこそばゆくなった。

「そう。それが、榊さんの『ポトラッチ丼』」

「駅まで迎えに来てくれたから、茂道おじさんの彼女なのかと思ったよ」

茶化すように言う直達に、茂道が異を唱える。

「なわけないだろ。ただの同居人。どうしても締切間に合わなそうだったからさ、直の写真渡して迎えに行ってもらったんだよ」

＊

その頃、自室のベッドで寝転がっていた榊は、茂道から預かったままの家族旅行写真付きの年賀状をぼんやり眺めていた。キャンプ場のテント前に座る直達の両脇には、幸せそうに笑う母親と父親の姿が写っている。

十年前、榊が高校一年生の頃、この人は五歳の息子がいると言っていた。榊は写真の中でいかにも清白そうな顔をしている直達の父親を見つめた。

直達はまだ高校生だ、子供には関係ない、そう自分に言い聞かせる。

年賀状を裏返してサイドテーブルに置くと、沈み込むように身体をベッドに預けた。外を見ると、雨は降り止《や》む気配もなく、滝落としのように窓を伝っている。

「子供には関係ない」

そう呟いて、拳を目に押し付ける。

瞑った目には、十年前の様々な光景が万華鏡のように目まぐるしく映し出された。もう思い出したくもない顔が、自分に向かって微笑《ほほえ》みかけてくる。それは夜、夢の中までも追いかけてきた。

榊が瞼《まぶた》を閉じた後も、黒い雲は明け方まで空を侵食していた。

2

「にゃあ」

土手沿いの通学路を歩いていた直達が、河岸の方から微《かす》かに何か聞こえた気がして耳を澄ます。

声を辿って雑草を掻き分けながら斜面を降りていくと、茂みの中に捨てられているみかん箱を見つけた。足場の悪い道を躓《つまず》きながら進み、その箱の前まで辿り着く。

蓋を開けると、中から小麦色の子猫がにゃあにゃあと手に擦り寄ってきて、直達の口から思わず「あ」と声が漏れた。

「……連れてってあげたいけど、俺も居候《いそうろう》の身なんだよ……」

そう言って子猫を撫《な》で、鼻先をちょんと触る。

捨てられてからまだ日は浅そうだが、ずっと箱の中から出られずにいたのだろう。見たところ身体に怪我《けが》らしきものもなく、毛並みもさほど汚れてはいない。それでも空腹で痩《や》せこけた身体をしていて、母猫のミルクを求めて鳴いている。

潤んだ硝子《ガラス》玉のような瞳《ひとみ》で見つめられ、直達はどうしたものかと頭を悩ませた。

「……ごめんね！　また後で来るから、ちょっと待ってて」

とりあえず学校で引き取り手を探してみようと、直達は制服のポケットからスマホを取り出して子猫を撮影した。寂しそうな鳴き声を背に何度か振り返りつつ、「許せ、俺は居候の身」と心の中で懺悔《ざんげ》しながら、土手の急斜面を勢いよく駆け上がる。

すると、ちょうど橋を渡ってきた出勤前の榊とばったり鉢《はち》合わせた。図らずも榊の行く手を阻《はば》む形になってしまい、直達は思考停止した。

つい茂みの方をちらちらと見てしまう直達につられて、榊も視線を追う。

「あの……あのぅ……」

子猫がいたことを榊に伝えようか迷ったが、自分がペットを飼いたいなどと言える立場ではないことも重々承知していた。わがままを言えばシェアハウスを追い出されてしまうかもしれない。

直達は茂みに彷徨《さまよ》わせていた視線を榊に移した。シェアハウスにいる時よりも雰囲気が大人びて見えるのは、榊が口紅をしているからだろうか。

相変わらず無表情で感情の読めない榊に尻込みした直達は、詰まるところ怒られた子供のように下手な嘘《うそ》をついた。

「……別にどうもしてないですっ」

「聞いてないけど」

榊はさほど関心もなさそうに、それだけ言って足早に去っていった。

あの晩降りしきった雨はどこへ行ったのか、厚みのあった雲は溶けたように消え、その存在があった痕跡を名残惜しげに残しながら、いつの間にか空はあれからからりと晴れ続けている。

＊

登校するなりガヤガヤと賑《にぎ》わう教室内で、直達はスマホで撮影してきた子猫の写真を、クラスメイトの田中《たなか》に見せた。

「あのさ、今朝土手で偶然見つけたんだけど」

「猫？」

「そうそう」

「あー、俺んちハムスターいるから無理だわ」

机の上に座りながら田中が言うと、直達はその隣で話を聞いていた川島《かわしま》にも写真を見せた。

「飼えない？」

川島は眼鏡をかけた顔の前に、両手の人差し指を重ねてバツを作ってみせた。

「いや、ごめんちょっと俺んちペットNGなんだわ」

「そっか……」

と肩を落としかけた直達の視界に、登校してきた女子生徒の鞄《かばん》にぶら下がる猫のマスコットが飛び込んできた。

話したこともないそのクラスメイトに、直達がなんの前触れもなく唐突に声をかける。

「猫好き？」

その女子生徒、泉谷楓《かえで》が、新手のナンパのような突然の悪気のない距離感に面食らいながらも返事をする。

「う、うん！」

「この子なんだけど」

みかん箱の中の子猫の写真を見て、楓は言外にそれを理解してくれた。

「可愛《かわい》い……え、捨てられてたの？」

楓が怪訝《けげん》そうに直達を見上げる。

「うん。朝、土手で見つけてさ」

「ああ……うち、お母さんが猫アレルギーだから、代わりに亀飼ってるんだけど」

「代わりに亀……？」

猫から亀へのかけ離れた採用に、直達は目を点にして思わず反復してしまう。

「でも一緒に探すよ、引き取り手。写真送って」

「え！　ありがとう！」

楓とＬＩＮＥのＩＤを交換したところで始業のチャイムが鳴った。

直達が席に戻ると、後ろの席の田中と川島が机から身を乗り出して、ニヤニヤと耳打ちしてきた。

「お前さ、よく泉谷さんに話しかけられるね」

「え？　だって猫のマスコット付けてたし、好きなのかと」

「いやいやだって先月もさ、三人に告白されたらしいよ」

「え、そうなんだ。なら、すごく影響力あるだろうし、引き取り手、見つかるかもね！」

直達が素直に喜ぶと、田中と川島は息をぴったり合わせてツッコんできた。

「いやそういうことじゃない！」

「え？」


学校を終えた直達は、できるだけ早く子猫の元へ向かった。途中、餌になるようなものを買ったコンビニ袋を手にぶら下げて、土手の茂みを駆け降りていく。

「お待たせー、ご飯だよ」

みかん箱の前まできて袋の中から猫用のツナ缶とミルクを取り出した直達は、空っぽのみかん箱を見て肝をつぶした。

「あれ？　え？」

周囲の草を掻き分けてみても、子猫と同じ麦色の雑草ばかりで途方に暮れそうになる。

諦めかけて直達が顔を上げると、少し離れた茂みの奥から、微かに少年達の悲鳴のような声が聞こえてきた。

背丈ほども伸びた雑草の間を通り抜け、声の方向に首を伸ばす。と、その先に見えたあまりにも衝撃的な光景に、直達は我が目を疑った。

長身の女性が栗色の長い髪を振り乱し、三人の男子中学生達を相手にヘッドロックをしているではないか。

「無理！　逃げろ！　こいつ強ぇ」

「はなせって！」

噛みつくように腕を摑んできたひとりの少年を、女性が軽々と投げ飛ばす。

「ふざけんなっ」

更に真っ向から向かってきた残りの二人を威嚇するように、女性は大股を開いて両腕を高く上げた。もこもこの上着と真っ赤なワイドパンツから、円を描くように手足を伸ばし、カマキリを模したカンフー、蟷螂拳《とうろうけん》の構えを見せる。

キエーッとけたたましく叫喚する姿を前に、少年達は震えだした。

「こいつ、やべぇって！」

恐怖のあまり、茂みの中を溺れるように逃げ惑う少年達が、直達の横を走り去っていく。

とんでもない事件現場を見てしまったような気がして引き返そうとした直達が、微かに聞こえてきた子猫の鳴き声に振り返る。しゃがみこんだ女性が茂みの中から何かを大事そうに抱きあげるのを見て、直達は目を見開いた。

「よーしよし、怖かったね」

女性の手の中に掬《すく》い上げられた小さな丸は、直達が捜していた子猫だった。ただ、その姿は今朝と違って、自分の足で歩くこともできないほどぐったりと衰弱しきっている。ふわふわの毛並みは土にまみれ、身体には二本のダーツの矢が立っていた。

直達が駆け寄ると、子猫は弱々しい声で甘えるように、にゃあと鳴いた。

「妹が土手に捨て猫がいるって言うから来てみたら、あのクソガキどもがいじめてやがって」

「えっ……」

その声に直達が違和感を覚える。予想していたのとは違う低い声。それに加えて、どこか聞き覚えのある声だった。

「楓と直達くんが同じクラスとはね」

親しげに向けられた笑顔を見て、直達は飴玉《あめだま》みたいに目の玉を転がしそうになった。派手な佇《たたず》まいで子猫を大事そうに抱えていたのは、なんと颯だった。真っ赤なリップとつけ睫毛《まつげ》をつけた勇ましい女装姿で、颯が激闘を終えた戦士のような顔をして立っている。

「えっ、泉谷さん⁉」

「病院に連れて行こう。悪い、鞄持ってくれる？」

「あ、はいっ」

直達は颯が自分で投げ飛ばしたであろう女性物の鞄を拾いあげながら、呑《の》み込みきれない現状に目を白黒させた。無残にも少年達に傷つけられていた子猫を救ってくれた颯は、楓の兄で、今から女装した颯と一緒に動物病院に行く。なるほどそうか、と頭の中を整理しようとしても、やっぱり整理はつかなかった。

「ええ⁉」

「あ、これ？　バイトの衣装」

事もなげにそう言って、颯はマキシ丈のワイドパンツを枝に引っ掛けながら慎重に茂みを歩いていった。

「ええ……」

ますます謎は深まるばかりだったが、直達は両手に荷物を抱えて付き人のように颯に続いた。

ヒールのあるショートブーツで、勢いよく土手の斜面を這《は》い上がろうとする颯が、「そいや！」と掛け声に乗せて一歩踏み込んだ。颯が危なっかしく足元をよろつかせるたびに、直達はひやひやして気を取られた。

「あっ、ちょっと後ろ押さえて！」

「はい！」

その広い背中を直達が押し支えると、颯はなんとか無事に急斜面を登っていった。

「ありがとぉぉ！」

＊

「寝てる」

颯にそう言われ、直達は毛布を抱えて子猫の前に腰を下ろした。

動物病院で手当てを受け、首にエリザベスカラーをつけた子猫が、ブランケットを敷き詰めた衣装用クリアケースの中ですやすやと眠っている。

特等席を譲るように、颯はシェアハウスのリビングで腹ばいになっていた体勢を起こして座布団の上に尻をついた。ウィッグと化粧を落とし、部屋着のセーターに袖を通して胡坐《あぐら》をかく姿からは、先ほどの姿はとても想像できない。

後から茂道に聞いた話だと、颯は夜に占い師の仕事をしているらしく、女装はそのための制服のようなものだとわかった。

直達も子猫を起こしてしまわないように静かに頷《うなず》き、毛布に包《くる》まってその寝顔を覗き込んだ。幸い急所は外れていたようで、大事には至らなかった。

子猫の様子が気になったのか、筆休めに茶を淹《い》れたマグカップから湯気を立てながら、茂道もそっとリビングに顔を出した。

きちんと朝起きて夜寝るという生活をしているのは、シェアハウス内では学生の直達と、ＯＬの榊だけのようだ。

茂道はほとんど自室に籠城しているし、颯も夕方以降は留守にしていることが多い。直達が入居した当初、「朝型人間に、俺はなる」と張り切っていた茂道だったが、「おじさんの夢は夜ひらくから」というよく分からない理由で早々に脱退していった。

生活リズムがまるで合わない住人達がこうしてリビングに集まったのは、この子猫のおかげなのかもしれない。

ケースの横でうずくまっていた直達が、茂道を見上げる。

「寝てる」

「寝てる？」

茂道が子猫を優しく撫でる。その横で直達が母猫のように丸くなっていると、茂道は微笑ましげに目を細め、ほんわかと頬をたるませた。

茂道に頭をぽんぽんと撫でられた直達は、「にゃー」と猫の真似っこをしてみせる。

「フフッ、おやすみ」

茂道が腰をあげると、颯も背伸びするように立ち上がった。

「俺も寝よっかな」

「おやすみなさい」

直達は二人が自室に戻るのを見届けて、部屋の明かりを落とした。子猫の寝息を聞きながら、自分の瞼も重くなっていくのを感じた。

*

明け方、直達が子猫の鳴き声で目を覚ますと、まだはっきりしない意識の中でパジャマ姿の榊が見えた。廊下を歩いてリビングにやってくるその気配に、直達は咄嗟《とっさ》に目を瞑って寝たふりをした。

ふわりと柔軟剤の香りがして、すぐ傍《そば》で榊の息づかいを感じる。

「……死ななくて良かったにゃー」

その棘《とげ》のない穏やかな声に意表を突かれて直達がうっすらと瞼を開くと、そうっとしゃがみこんだ榊が優しく子猫を撫でていた。

いつもとは別人のようなその笑顔に、直達はつい狸《たぬき》寝入りをしていたのも忘れて見惚《みと》れてしまう。

寝たふりをしてしまったせいで、起きるタイミングを失ってしまった。

「……君は幸せになるよ」

そう言って榊は子猫の眉間を指先でくすぐりながら、くすっと笑った。木漏れ日のような榊の温かい眼差《まなざ》しに、うっかり吸い込まれそうになる。

生まれた時から一度も笑ったことがないのかと疑うようないつもの仏頂面からは、想像もできない穏やかな表情だった。凛《りん》とした目元は細いなだらかな眉が包み込み、硬く閉ざされていた口元も桜の花びらのように色付いてふっくらとしている。

自分はまだ榊のことを何も知らないのだということに気付かされて、なんだか歯痒《はがゆ》い気持ちになった。今、目の前にいる女性が榊で間違いないならば、彼女の寡黙な態度は、自分への怒りだったのかもしれない。

榊に嫌われたくないという気持ちと、彼女のことをもっと知りたいという強い想《おも》いが直達の眼から吹きこぼれてしまった。

小さな天使のような子猫が手にすりすりと頭を寄せ、榊が「ふふっ」と柔らかそうな頰を緩める。次の瞬間、榊と視線がぶつかった。

あ、と目を逸《そ》らした時には後の祭りで、直達の視線に気付いた榊の表情は、まるで急速冷凍されたハンペンのように冷淡さを取り戻してしまった。

先ほどまで後光のように差し込んでいた陽光さえも、さむいぼが立つほどの冷気に変わる。ついさっきまで傍らで聖母のように微笑んでいた女性はどこへお隠れになったのか、そんな不安に駆られるぐらいマリアの面影は消え失せていた。福笑いのように変わる目色に惑わされ、本当の榊がわからなくなる。

子猫のぬくもった鳴き声がして、あの木漏れ日のような笑顔が夢ではなかったということを、どうにか信じることができた。

しかし、榊は何に怒っているのだろうか。

溜め息を吐く榊を見て、直達はたまらず肘をついた。

「あの……怒ってますか？」

そう聞いた時、榊の顔が怯《おび》えたようにぴくりと引きつって見えた。

「……何を？」

どことなく焦りの色を浮かべながら、榊は泳ぎかけた視線を直達に戻した。

不自然な間に違和感を覚えつつ、直達は榊が怒っている理由を探って彼女の睫毛を盗み見る。思い当たる節はひとつだけあった。

「昨日の朝、俺、猫見つけたこと言わなかったから」

恐る恐る直達が言うと、榊はすとんと肩の力を抜いて、子猫の方に視線を落とした。

「……はぁ、そっちか」

「そっち？」

「あの時私に相談してれば、家に連れて帰るかなんかして、この子が怪我しなかったかもって？」

質問させる隙も与えず、榊は直達の胸の内を言い当てた。

「……はい」

榊は何かを考え込むようにして押し黙り、少ししてから独り言のように呟いた。

「怒ってどうすんの。怒ってもどうしようもないことばっかりじゃない」

3

麗《うら》らかな秋晴れの空の下、庭に飛びだした子猫を抱き上げる直達の前で、楓が短いポニーテールを揺らしながら鼻歌交じりに自転車を止めた。前カゴには弾《はじ》けそうなほどの野菜が詰まった鞄を乗せている。

あれから数日が経《た》ち、煩わしいエリザベスカラーから解放された子猫を見て、楓が嬉しそうにほころんだ。

「怪我、良くなったんだね」

捕らわれた子猫は直達の腕の中ですっかり落ち着いている。

「うん、いつも走り回ってる」

「名前、決まった？」

その質問に、直達は少しはにかんだ。

「ミスター・ムーンライト」

聞き返そうとして口を開いた楓が、何かに思い当たったように呆《あき》れ顔になった。

「長っ、それ付けたのお兄ちゃんでしょ」

「うん。長いから、ムーちゃんって呼んでる」

名前に応えるように、ムーが直達を見上げて鳴き声を上げた。どうやら本人は気に入っているようで、楓も安心したようにムーに笑顔を見せた。

「よかったねー。ムーちゃん」

「楓ー」

命名を祝してムーを掻き撫でていた楓を、中庭にバーベキューセットを運び込んでいた颯が呼んだ。その横では茂道が、室内から持ってきた椅子をテーブルの周りに並べている。

「はーい」

「野菜買ってきたー？」

「うん」

「榊さんとこ持ってって」

兄に忙《せわ》しなく指示されて、楓が野菜の入った鞄をキッチンへ持っていく。

いつになく賑やかな住人達を見て、直達はひとり呆気《あっけ》に取られていた。

「あの……、今日って何かあるんですか？」

そう聞くと颯は、説明しながら中庭で茂道と火起こしを始めた。

颯が言うには、どうやら今日は海外出張でシェアハウスを留守にしていたもうひとりの居住者の帰国日らしく、この日に合わせて直達とムーの歓迎会をまとめて開催しようという話が前々から持ち上がっていたようだ。

しかも、今宵の宴は榊が提案してくれたものだという。楓に関しては美味い話を嗅ぎ付けて、進んで食材の買い出し担当である榊の手伝いを買って出たそうだ。

「お———！」

日も陰る頃、中庭のテーブルの上に榊が下準備を済ませた高級肉がお披露目された。大皿にそびえ立つ圧巻の肉塊に、周囲から拍手喝采が沸き起こる。直達も漫画でしか見たこともないような分厚い骨付き肉の味を想像しながら、涎《よだれ》を堪《こら》えるのに苦労した。

歓迎会らしく物干し竿《ざお》にぶら下げられた手作りのペーパーファンが、気持ちをより一層弾ませる。

押しくらまんじゅうのような賑わいの中で、ふと茂道が理性を取り戻したように呟いた。

「でもさ、久々日本に帰ってきたら、お刺身とかが食べたいんじゃないの？」

たしかにそうかもしれない、とその場にいた誰もが思った。

とはいえ、今さら原点に戻ったところで仕方がない話だった。

「……大丈夫。国産和牛だから」

しれっと正当化する榊に、楓もうんうんと頷いている。

「え、何の大丈夫？」

「あ、教授帰ってきたぁ！」

中庭の砂利を踏む音に、颯が真っ先に気付いて声を上げた。

茂道の疑念はもはや聞かなかったことにして、直達も庭口の方に視線を移す。その先には旅行鞄を持った老紳士が、屈託のない笑顔で立っていた。

「あ！　お帰りなさい！」

と茂道が言うと、教授と呼ばれたその老紳士、成瀬賢三《なるせけんぞう》は白髪の上のハットを取って、ほがらかに会釈を返した。

「はい、ただいま～」

颯と榊も笑顔で手を振って歓迎していた。

成瀬の眼鏡をかけた切れ長の目元と、茶色いスーツに身づくろいしたその佇まいは、淑《しと》やかな気品に満ち溢れている。彼こそが、颯が以前言っていた五人の居住者の内のひとりだ。

部屋に荷物を置いて中庭に戻ってきた成瀬が、南米土産の楽器を楓に手渡した。竹筒を左右に傾けると、ざあっと癒やしの音色が鳴り響き、楓はうっとりと竹筒に寄り添った。

「それね、レインスティックって言って、雨乞いの儀式の時に使うやつ」

「へぇ」

長い竹筒の中で、小石がぱらぱらと仕込まれた小枝にぶつかり、快い雨の音波が押し寄せる。鬱々とした心や疲れを洗い流してくれるようなこの雨の音が、鼓膜の奥でリズムを奏でる。

「苦っ！」

という直達の声が、雨の演奏を遮った。ピーマンを口に入れて顔をしかめた直達の頭を、茂道がじゃれ合うように軽く叩《たた》く。

「子供が！」

渋い顔をしてピーマンを飲み込む直達を、茂道がカッカとせせら笑う。

成瀬は向かい側の席で微笑みながら、楓に土産話を続けた。

「フィールドワークでボリビアに行ってきたんで、買ってきたんだ」

隣に座っていた茂道が、成瀬を示して直達の肩に顔を寄せてきた。

「教授の成瀬さん」

直達と目が合うと、成瀬はにこやかに頭を下げた。

「東大《とうだい》で文化人類学教えててさ。榊さんのお父さんと同級生なんだって」

聞きながら直達は肉を焼いている榊の様子をちらりと窺《うかが》い、「へぇー」と感嘆するように頷いた。

「にしても、仲良いよね。ニゲミチ先生と直達くん」

片手に缶ビールを持った颯が、立ったまま会話に割り込んできた。

「え?」

「そう?」

直達と茂道は互いに顔を見合わせる。

「俺、親戚のおじさんとそんな仲良くねえもん」

「お兄ちゃんは親戚全員と仲良くないじゃん」

ぐびぐびとビールを呷《あお》る颯を、楓はずばりと一喝した。

「一年ぐらい実家で一緒に暮らしてたからかなあ?」

そう言って茂道は懐かしそうに目を細めた。

直達もおぼろげな記憶が胸をかすめて、「ああ」とこくこくと頷いてみせる。

「直が五、六歳の頃だから……もう十年前かぁ」

「そんなに経つんだー」

「うん、そうそう。覚えてる?」

茂道に疑念の目を向けられて、直達が右斜め上に視線をずらす。

「んーまあ、なんとなく。じいちゃんちの近くに川が流れてて」

枯れかけの植木にオーナメントを飾っていくように、ひとつ口に出すたびに鮮明な記憶が蘇《よみがえ》ってくる。からからの植木が水を吸って輝きだすと、直達の声も弾みだした。

「おじさんと基地作って……、じいちゃん達にバレないように、お菓子とか漫画とか、大量に運び込んで！」

「そうそう！　あーれで絆《きずな》深まったんだよなぁ！」

「そう！」

直達と茂道は、互いを指差し合って可笑《おか》しそうに笑った。その様子をすぐ後ろで眺めていた颯が、フライドポテトをつまみながら茂道を悪気もなくからかう。

「五歳児とぉ？」

「うっ……」

痛恨の一撃をくらって小さくなる茂道をよそに、直達が小首を傾《かし》げる。

「あの時、なんで俺、じいちゃんちに住んでたんだろ？」

そう言って直達は、すっきりしない顔を茂道に向けた。

なんとなく、ざらざらした気分が心に残る。

「なんで？」

「……なんでだっけ」

茂道にも理由はわからないようだった。

ただのお泊り会にしては、一年という歳月はあまりにも長すぎる。子供の頃は茂道と送る日々が楽しいばかりで、どうして自分は祖父の家にいるのかなんて考えもしなかった。

今思えば随分妙ちきりんな話なのに、一年間、我が子の顔を見にくることもなかった両親からは、何も聞かされていないのだ。週末に実家に帰って聞いてみようかと思いついたが、なんだか真実を知るのが怖い気もする。

気付けばテーブルへつかつかとやってきた榊が、すぐ隣で銀色のトングを振りかざしていた。

「お肉でーす」

直達と茂道の皿に、ステーキナイフで切り分けられた厚切りの国産和牛がぶっきらぼうに振り下ろされた。

「あ、ありがとうございます」

「お！　あざいまーす」

こんがり焼かれた皿の上の一枚肉を見て、直達と茂道は礼を言った。

「うわっ美味しそうだねー」

席につかずに立ち飲みしている颯が、豪快なステーキを覗き込んではしゃいでいる。

「お肉でーす」

続けて榊が成瀬と楓の皿へ、トングで肉をのせていく。テーブルの皿全てに肉を提供し終えると、榊はそのまま取り澄ました顔で室内へ引っ込んでしまった。

立食していた颯の皿は空っぽだ。

「あれ、お、俺のは？　お、お肉は？　俺の」

＊

お肉をぺろりとたいらげた直達と楓は、シェアハウスに戻って失踪したミスター・ムーンライトを捜していた。たらふく食べたバーベキューの後で、家の夕飯まで食べるつもりでいる楓が、帰宅前にムーを撫でようとして姿が見当たらないことに気が付いたのだった。

大人達が中庭で酒を嗜《たしな》む声が、室内まで聞こえてくる。

直達が四つん這いになってソファの下を覗き込んでいると、上から楓が声をかけてきた。

「ムーちゃんいた？」

「いない」

直達が頭を上げる。

「えー、どこ行ったんだろ？」

空の寝床を見て、楓も周囲を捜索する。

捜し歩く二人の陰で、ムーは小さな猫耳を炬燵の中からひょっこり出し、廊下に向かって飛び出していった。


「はい」

リクライニング式の高座椅子にどさりと身を預けて腹をさすっている成瀬に、榊は水の入ったグラスを手渡した。

一階のリビングに近い成瀬の部屋からは、中庭で赤ら顔の酔いどれと化した茂道と颯がテーブルに突っ伏して泥《どろ》のように潰れているのが見える。

「ありがとう」

膨らんだ浮き輪の空気を抜くかのように、成瀬はヘソを押さえてゆっくりと息を吐き出しながら礼を言った。

見上げた天井の照明に眩《まぶ》しそうに目を細めている成瀬を見かねて、榊が短い溜め息を吐く。

「弱いくせに、調子に乗って飲むから」

「お肉、全部吐いちゃった」

てへ、とお茶目に笑っておくびを漏らす成瀬を横目に、榊は向かい側のスツールに座って足を伸ばした。

十年前の思い出を楽しげに話す直達に嫉妬して、つい八つ当たりをしてしまった自分を戒めるには、肉も酒も必要ない。

中庭に戻ってせっかくの賑やかな空気を乱してしまうくらいなら、ここで成瀬の介抱をしている方がよっぽどマシだった。

「千紗ちゃん。何かあった？」

成瀬に暗雲を嗅ぎ分けられて、知らぬ間に自分が神経質な線を鼻の付け根に刻み込んでいたことに気が付いた。

子供の頃から世話になっている成瀬には、隠しごともできやしない。顔さえ見ればいつだってこんな風に、何もかもお見通しという調子で見透かされてしまうからだ。

榊は頑《かたく》なに組んでいた腕をほどき、視線を中空に漂わせてぽつりと声を出した。

「……あの子」

「あの子……あ、直達くん？」

榊は小さく頷いた。

「熊沢の息子」

「熊沢って……ああ！　昔、千紗ちゃんのお母さんとダブル不倫して駆け落ちした熊沢？」

驚嘆する成瀬に、榊は顔の半分を引きつらせて鼻で笑った。

サイドテーブルに置かれたままの熊沢家の年賀状が、そよ風でふわりと床に落ちて裏返る。そこに、直達の隣で微笑む父親の姿が写っていたのを思い出す。

榊は項垂《うなだ》れるように頷いた。

「年賀状の家族写真見て、気付いたの。私、一度会ったことがあるからさ」

そう言って榊は忘れたくても忘れられない顔を思い出し、首の凝りをほぐすように上を向いた。

「熊沢は……元の家族のとこに戻ったのね。……うちの母親は帰ってこなかったけど」

「あれいつ頃だっけ。千紗ちゃんが、高校生の頃だよね」

「……十年前」

「……辛いならさ、なんか……変な意地悪して追い出したら？」

榊が中庭に戻らない理由を察したのか、成瀬はどうにか元気づけようとしてくれている
ようだった。不器用な優しさが胸にしみる。

「変な意地悪？」

成瀬は口をへの字に曲げて考え込むと、ついに名案を思いついたかのように、自信たっ
ぷりに言った。

「寝てる間に……布団の中に……イワシの頭……入れるとか」

強張っていた榊の表情は、鍼《はり》を刺したように和らいだ。

「……あの子は、いい子だよ。だいたい、子供には関係ないじゃない」

「イワシの頭、入れないか？」

これで全てが決まるとでも言いたげな表情で提案してきた成瀬を、榊はつい笑いながら
呆れ顔であしらった。

「入れといて、じゃあ」

襖の傍で偶然二人の会話を聞いてしまった直達は、ムーを抱きながら呆然《ぼうぜん》自失していた。廊下についた膝が冷えて凍着でもしたかのように、直達はその場を動けなかった。

十年前、祖父の家に預けられていた本当の理由を、直達は今初めて知った。しかも自分の父親が、榊の母親と駆け落ちしていたという唾棄すべき話だ。

何も知らずに茂道と笑い合っていた中庭での時間と遠い過去の記憶が、水の上に落とされた一滴の絵の具のように歪《ゆが》んでいく。一生の宝物として輝いていた思い出の中身は、父親に捨てられた一年だった。そんな事実に足がすくんだ。

一年経って熊沢家に戻ってきた父親と、これまでと変わらない平凡な日常を送り、ありふれた家族写真を撮った。考えれば考えるほど、背中に水滴が伝うような悪寒が走る。

ところが、榊の母親は行方を晦《くら》ましたまま帰ってくることはなかった。榊は捨てられたままなのだ。

直達は自分より辛いはずの榊がまともに生きているのに、こちらだけ厭世《えんせい》的になるわけにはいかないと思った。

＊

隣で一緒に聞いていた楓の視線に気付き、かろうじて現実に引き戻される。

榊の言った「いい子」は、褒めているようで、どこか咎《とが》めているように直達には聞こえた。

4

空が明るくなる頃、甲高い鶏鳴が直達の枕元で響き渡った。しょぼしょぼと薄目を開けてスマホに触れ、鼓膜を突き刺すようなアラーム音を指先で止める。そのまま吸い寄せられるように枕に沈み込むと、全身を多幸感が満たしていく。手探りでたぐり寄せた布団が思いのほかふかふかで、気持ちがよくて、夢の中にいざなわれる。

すうっと遠くに離れていく意識をギリギリで鷲摑《わしづか》みにし、直達はカッと瞼を見開いた。冬の朝のまだ寝ていたい欲望に抗《あらが》って、卵から孵化《ふか》する幼虫のように起き上がる。直達は真っ先に毛布と布団をばさばさと裏返し、身の回りを確認した。

制服に着替えてリビングに降りると、通学鞄とブレザーを椅子の背もたれにぶらさげる。冷蔵庫の中の牛乳を取り出していると、寝起きの榊がやってきた。

「おはよう」

「おはようございます、行ってきます！」

急いで牛乳を冷蔵庫に戻し、榊と目も合わせずに早口で挨拶をした。通学鞄とブレザーを肩にかけ、ばたばたと小走りでリビングを出る。

成瀬との密談を聞いてしまって以来、なんだか榊と顔を合わせづらかった。秘密を知ってしまったことを白状する勇気もなく、こうしてあれから実のない早朝登校を続けている。題してこの「ヤダー、遅刻遅刻」作戦を決行するようになってからというもの、榊とはほとんど口も利いていなかった。


早朝の誰もいない教室でだらりと机に突っ伏すと、直達は凍えた身体を溶かすように椅子に座りこんだ。日毎《ひごと》に灰色の風景に閉じ込められるように冬は押し寄せ、朝の空気が身にこたえる。

窓から落ちてくる弱々しい日の光にまどろんでいると、誰かにちょんちょんと旋毛《つむじ》をつつかれた気がした。ぼんやりとした視界の中に、端正な顔が浮かび上がる。

頭を上げると目の前に楓の顔があり、直達は瞼をしばしばさせて机から身体を引き剝がした。

朝食を食べ損ねてコンビニで買ってきた飲みかけの牛乳とパンの空袋を、楓がまじまじと見つめている。数分前に直達が牛乳パックにストローを差し咥《くわ》えて喉に流し込んだパンの残骸だ。楓は前席の椅子に跨《また》がって、当たり前のように背もたれに両腕を乗せた。

まだ校庭から聞こえてくる部活動の声出しと、そのユニフォーム姿からして、楓が朝練を抜け出してきたことは問うまでもなかった。

「あ……おはよう」

「おはよう。ね、イワシの頭、あった？」

楓が直達の顔を覗き込む。直達は小さく首を振った。

「なかった」

「ふーん……どうするの？　このまま、あの家に住むの？」

榊の気持ちを考えると、すぐにでも自分はシェアハウスを去るべきだろう。

真実を知った上で何ごともなかったかのように実家に戻り、果たして自分はグレずにいられるだろうか。そもそも今更、何も知らなかった頃の自分に戻れる自信がない。

だからと言って十年前のことを掘り返すのは、子供の頃に飼っていたカブトムシの死因を探るようなものだと思った。変えられない過去に立ち向かってそれで、その後はどうする。

袋小路に立つ直達に、楓はお日様のように笑いかけてきた。

「なんでも相談乗るよ。誰にも言わないし、秘密は守る」

「気遣ってくれて、ありがとう」

「いえいえ」

直達は歯茎の裏に張り付いたパンの欠片《かけら》を掻き取るように、牛乳をごくごくと飲み干した。朝早く学校に来てみても、特にやることがないと余計に考え込んでしまう。

楓は両手でエクボを隠すように、二重の瞳をきらきらさせながら頰杖《ほおづえ》をついていた。

*

「ちょっといい？」

ノックをしても反応がなかったので、直達は襖から顔を覗かせて茂道に声をかけた。

一日中部屋に引きこもっていた叔父が、充血した目で原稿を睨《にら》みつけている。その未完成のネーム原稿と目の下のくまを見るからに、本人は外が暗くなったことにも気付いてないだろうと思った。

完全にニゲミチモードの茂道の隣に正座して、直達は話を急いだ。

「……こないだ、バーベキューした時さ、じいちゃんちで、一緒に住んでた時の話、したでしょ？　十年くらい前の」

茂道は頬杖をつきながら鬱陶しそうに口を尖らせた。

「んん……で？」

「あの時俺さ、ひとりでじいちゃんちに預けられてたんだよね」

冷や汗がぽつぽつと背中を濡らす。直達は声がひきつりそうになるのを我慢して、遠慮がちに問いかけた。

「おじさんは……知ってたの？」

すると茂道は、苔《こけ》が生えるほど固めていた首を直達の方に向け、いかにも意欲が削《そ》がれたかのように眉間を寄せた。

「知ってたぁ？　……何をう？」

その反応から、茂道が何も知らないことは明白だった。

直達は茂道に相談するべきかどうか迷って、口を真一文字に結んだ。

「……いいや」

そう言って直達が立ち上がると、茂道は急に興味を示したように腰を浮かした。

「何を⁉」

と腕に摑みかかろうとしてきた茂道が空振って、畳の上に肘《ひじ》をつく。

部屋を出ようとして襖を開けると、いつからそこにいたのか、廊下に榊が立っていた。

話を聞かれてしまっただろうかと直達が固まっていると、榊はその脇から室内を覗き込んだ。

「ニゲミチ先生、ちょっといい？　これ、預かったまんまだったから」

そう言って榊は、茂道に熊沢家の年賀状を手渡した。

「あ、どうもどうも」

その写真を見て余計に胸がわだかまる。

「あ、あ、あの僕、宿題あるので！」

とまごつきながら、直達が親指で自室の方を指し示す。

銃口を向けられた鹿のように去って行く直達を横目に、茂道はごそごそと小型のポータブル冷蔵庫から、冷やしていた発泡酒を取り出した。

それを見て、榊が片方の眉を上げる。

「仕事、終わったの？」

「ぜんっぜん。直に邪魔されたせいで」

榊は腕を組んで襖枠にもたれ、羨むように茂道を哀れんだ。

「いいねぇ、人のせいにできる人は」

「いや、だってさあ、ネームの途中で、十年前のこととか聞かれても～」

茂道は着古したジャージの上にちゃんちゃんこを羽織っただらしない姿で言い訳すると、自分へのご褒美に口を吸い付けた。すすった発泡酒が、茂道の喉仏をごきゅんと上下させる。

くどくど言いながらも幸せそうに発泡酒を飲む茂道の声を遮り、榊は部屋を出た。襖の奥から、独りよがりな戯言《ざれごと》が聞こえてくる。

「ファミリーヒストリー？　宿題？　よう知らんけど」

「ねえ」

二階から降りてきた榊は、リビングでムーと戯れている成瀬を見かけて両手をソファの背もたれに置き、身を乗り出した。

えびす顔で猫じゃらしを振っている成瀬が、気の抜けた返事をする。

「うん？」

「直達くんに余計なこと言った？」

「ええー、言ってないよ、何も」

「そう……」

近頃、直達に避けられているような気がしていたのは、ただの思い過ごしだろうか。茂道が何か知っている素振りはないし、成瀬も話していないというならば、直達が急に十年前のことを探り出した理由はなんだろう。茂道の言うように、ただの宿題なのかもしれない。

ぐるぐるした感情を掃き捨てるように、榊は何度か頷いた。

「疑ってごめん」

そう言って自室に戻ろうとした榊に、成瀬が背中を向けたまま問いかけてきた。

「千紗ちゃんは、知ってほしくないの？」

「え？」

「自分のこと。直達くんに」

その質問に、榊は答えることはできなかった。当時五歳の直達に、一体何ができたというのだろう。

言ったところで過去は変わらない。この先だって、どうせ変わらないのだから。

5

連休初日の朝、一階ではドラム式洗濯機がゴウンゴウンと音を立てて回っていた。直達があくびをしながらリビングに降りると、ランドリールームの暖簾をくぐって榊が出てきた。重そうな洗濯籠を抱えて片膝を上げている。

「おはようございます」

すかさず目を逸らす直達の背中に、榊が声をかけてきた。

「持って」

榊が見せつけてきた洗濯籠の中には、洗いたてのカーテンが入っている。

「あ……」

とぐずぐずしている直達に、榊が洗濯籠を持ったまま詰め寄ってきた。

「持ちなさいよ、男子」

そう言って洗濯籠を直達の手に預けた榊が、中庭に向かって歩き去っていく。

中庭に着くと、籠の中の二枚のカーテンを一枚ずつ手分けしてよこされた。

どうしたらいいかわからずに立ちすくむ直達の横で、榊が慣れた手つきで一枚目を物干し竿に着せるように広げていく。直達もそれに倣って厚手のカーテンを広げると、あれよあれよという間に風に煽《あお》られ、頭から布がかぶさってしまった。

カーテンの中で右往左往していると、ふいに榊の顔が現れた。

「反対持って」

言われた通りに直達がカーテンの端を摑むと、反対側を持っている榊がバサバサと皺《しわ》を伸ばした。

「せーの」

と榊が言い、息を揃《そろ》えて物干し竿にカーテンをかける。すぐに榊が手際良くカーテンの端を洗濯バサミで留め、直達に指示を出した。

「そっちも留めて」

言われるがままに直達が端を留めると、榊はカーテンの中央を押さえながら腕を伸ばしてきた。

「一個ちょうだい」

直達が手渡した洗濯バサミで、榊が暴れるカーテンの動きをぴたりと封じ込める。

そんな家庭的な榊の姿に、直達はつい見惚れてしまった。母親の元不倫相手の息子と知りながら、本当は関わりたくもないくせに、何だかんだ世話を焼いてくれる。

思い返せば最初からそういう人だった。一緒にいて辛いはずなのに、いつも彼女は不機嫌な顔をしながら助けてくれる。

初めて来た日に作ってもらった牛丼を思い出して、直達は胸が詰まった。

「何？」

直達の視線に気付いた榊が、振り向かずに聞いた。

「え、あ、いやカーテンって、洗うんですね」

「ずっと洗いたかったの。スッキリしたぁ」

「はぁ」

干したてのカーテンをくぐり、物干し竿を挟んで直達の反対側に立った榊が、くるりと振り返った。

その瞬間、突風が高波のように二枚のカーテンを煽って榊を隠す。もう一度榊の姿が見えた時、直達は心底ほっとした。

「そういえば、直達くんさ。ニゲミチ先生を困らせないであげて」

「え」

「子供は知らない方がいいこともあるんじゃないの。……よう知らんけど！」

それだけ言うと榊は、洗濯籠を持って室内に戻って行ってしまった。

その後ろ姿を見つめながら、直達が毒気に当てられる。なんとなく、洗いたかったのはカーテンだけではなかったのではないかというような気がした。

「よう……知らんけど？」

＊

「あー、もしもし直達？　元気にしてる？」

電話の向こうから母、麻子《あさこ》の元気な声が聞こえた。この時間だと家事が一段落し、バランスボールに跨って体幹トレーニングをしている頃だろうか。

「今日はそっちに泊まろうと思って。今から電車乗るとこ」

駅のホームで電車を待ちながら、直達がスマホ越しの麻子に用件を伝える。

「あら。そしたらお父さんと入れ違いだわ」

母はあっけらかんと言った。

「え……」

通話を終えた直達は血相を変えた。今にも恐ろしいことが起こりそうな生臭い風が吹いてきて、直達の鼻をつく。

シェアハウスでは、榊がまだ残りの洗濯物を干しているはずだった。このままでは間違いなく、二人は鉢合わせてしまう。

直達は慌てて駅を飛び出すと、全速力でシェアハウスに引き返した。

「ごめんくださーい」

その頃、何も知らない父、達夫《たつお》は、直達の住むシェアハウスを訪れていた。

玄関にインターホンが見当たらず、達夫は控え目に引き戸を開けて土間を覗き込んだ。待っていても誰かが来る気配が一向にないので、先ほどより少しだけ声を張ってみる。

「ごめんくださーい……すいませーん」

達夫の声が、しんとした室内に響き渡る。一歩足を踏み込んで、もう一度呼び立てようとしたところで、遠くから「はーい」と女性の声が返ってきた。

奥からやってきた女性が、達夫の姿を見てその場に突っ立った。上瞼を引きつらせて硬直している女性に、達夫はいかにも善良でぼんくらそうな顔を向ける。

「あの……ここ、歌川茂道さんのお宅で、合ってますか?」

「……そうですけど」

年頃からして、茂道の彼女かもしれない。突然のことで緊張しているのだろうと思い込み、達夫はへらっと笑顔を見せた。

「お世話になってます。熊沢直達の父です」

女性は口角をひきつらせ、小さく会釈をして黙り込んだ。

名乗り返してくれないことに漠然とした疑問を抱きながら、達夫は前置きをやめて本題に入ることにした。

「……あ、あの。直達は――」

「実家に帰るって言ってましたけど」

達夫はきょとんと目を丸くして、女性を見返した。

「えっ? あ……入れ違いかぁ〜……」

「……歌川さん、呼んできますね」

思い立ったようにそう言って茂道の部屋へ引き下がろうとした女性を、どこからか別の少女の声が呼んだ。

「榊さーん」

直達と同じくらいの年端の少女が、冬物のセーターを数着持って、女性の元に駆け寄ってくる。

「これも着ないやつ？　もらってもいい？」

「いいよ、全部持っててって」

その様子から、女性がもう着なくなった古着を少女に譲り渡しているのだろうとわかる。若者向けの色とりどりな服は、女性が少女と同じ年頃に着ていたものだろうか。

そんな女性の後ろ姿が、十年前に一度だけ会った、ある女子高生の影と重なった。

聞くともなく聞いていた、榊という苗字にはっとする。

「……『榊』……？」

二人のやりとりを何気なく見ていた達夫が、ぽつりと呟いた。

呆《ほう》けた顔で土間に突っ立っている訪問者に気付いた少女が、曇りのない笑顔をこちらに向けた。榊もゆっくりと振り返り、達夫と目を合わせる。

「……千紗、さん？」

案の定その見覚えのある顔に、達夫は顔を蒼白《そうはく》にした。

榊が平静を装って、少女に優しく向き直る。

「楓ちゃん、ニゲミチ先生呼んできて。お客さん、直達くんのお父さん」

その言葉に楓は表情をなくし、改めて達夫の方に首をまわす。

「直達くんのお父さん。へぇー……」

ひりひりした空気が土間に充満する。

楓は榊と達夫の顔を交互に見つめ、ぎくしゃくと歩き出した。

「へぇ～」

全身の毛を逆立てながら、茂道の部屋へ早足で去って行く楓を見届けると、榊は達夫に不敵な笑みを向けた。

「お茶淹れますから。中に入ってお待ちください」

一見温かく丁寧なその対応が、達夫の心を凍らせた。

＊

「ニゲミチ先生！　ニゲミチ先生‼」

楓は一階の出火を知らせるほどの勢いで、茂道の部屋の襖をノックした。室内から反応がないので堪らず襖を開け放つと、小机の前に座ったまま心地よさそうに寝落ちしている茂道がいる。

胸に抱えていた服を畳の上にそっとおろすと、楓は茂道の肩に手を置いて身体をゆっさゆっさと激しく揺さぶった。

「え、ちょっ、寝てる場合じゃないよっ！　起きて起きて！　早く、起きて！」

突然の揺れに、茂道が傾いた眼鏡を直しながら、夢見心地で顔を上げる。

「ん？　え？　今何時？」

はっと目を覚ます茂道に、楓は廊下の外を指差した。

「だからもう来ちゃったの！」

「えっ、編集さんが⁉」

飛び上がりかけた茂道に、楓はもどかしさで喉を詰まらせながら首を振る。

「違うっ、熊沢くんのお父さん！」

「え？　達夫義兄《にい》さんが？」

ぽかん、とする茂道の腕を、楓が力任せに引っ張り上げる。

「ちょちょちょちょっと待って！　漫画隠さないと！」

「いいから！　早く早く！」

腕を振り払う茂道と、その腕を摑み返そうとする楓で、二階は火事場のような騒ぎだった。

打って変わって一階は、海の底のように静まり返っている。

遠くから榊が茶を淹れる音だけが、微かに達夫の鼓膜を撫でた。

もう二度と会うことはないだろうと思っていた母親の元不倫相手が、のこのこ菓子折りを持って目の前に現れたのだ。気分が良いわけはないだろう。

達夫が玄関の框で申し訳なさげにしなびれていると、榊がお盆に湯呑茶碗《ちゃわん》をのせて戻ってきた。框の脇に無言で茶を置き、お盆を引き下げて踵《きびす》を返す。

そんな榊を、達夫は勇気を出して呼び止めた。

「……榊さん」

振り返った榊の顔は、夜の海のように謎めいていた。

落ち着き払っているようにも見えるが、いつ高波が迫ってくるかもわからない不気味な静けさのようにも感じる。いきなり十年前の話を切り出すには、まだ見えない部分が多すぎた。

「あのぅ……茂道くんとは、付き合ってるんですか」

「違います。ただの同居人です」

言いきらないうちに榊にかぶりを振られ、達夫は息を呑んだ。

框に座る達夫を、榊は立ったまま蔑むように見下ろしていた。

「……私、恋愛しないので」

その言葉は十年前、達夫が榊に植え付けてしまった呪いなのだと思った。恋愛なんてくだらないものだと榊に思い知らせてしまったのは、まぎれもなく自分なのだ。

榊の胸の奥深くで根を張っている悪い種の正体が何なのか、達夫にはわかってしまった。

けれど自分がそれを取り除いてやることはできない。達夫はただ俯《うつむ》くしかできなかった。

「……お母さんは、お元気ですか？」

「知りません。あの時から会ってません。うちには、帰ってこなかったから」

互いに帰るべき場所へ帰ったつもりになっていたから、達夫は言葉を失った。

この時初めて、自分は過去に罪を犯してしまったままなのだとようやく気付いた。身勝手な思い込みをしていた自分に呆れ果て、全身を掻きむしりたいくらいの嫌悪感に駆られる。

犯してしまった過ちは、後遺症となって被害者の身体を今も苦しめ続けていた。なかったことになどなるわけもないのに、都合のいいように色眼鏡をかけて見えないふりをしていた自分は最低だ。その十年という歳月が、達夫の背中に十字架のようにのしかかる。

重苦しい沈黙の後、達夫は土間に立って深々と榊に頭を下げた。

「……すみませんでした」

黙ったまま眉ひとつ動かさない榊に、達夫がおずおずと顔を上げる。

「……あの、このことって、直達は……」

「知らないんじゃないですか？　私は言ってません」

達夫はじっと榊を見つめた。

「ほ、本当に……？」

悪気はなかった。ただ思わず漏れたそのひと言で、榊の謎めいていた静寂な怒りがいよいよ沸点に達してしまったことは、すぐにわかった。

突如、榊が持っていたお盆がフリスビーのように風を切ったかと思えば、視界が白と黒に点滅した。ごしゃっという嫌な音がして、数秒後には激痛がじんじんと脳を揺さぶっていた。

顔を覆うと、指の隙間から手の甲を生温かい血が伝っていくのがわかる。お盆は瞬く間もなく至近距離から顔面に直撃し、達夫の鼻をへし折っていた。

榊がそのまま土間にあったサンダルに足を突っ込み、悪びれる様子もなく達夫の横を通り過ぎていく。

引き戸に手をかけてから少しだけこちらを振り向くと、榊は声を押し殺して呻《うめ》く達夫に向かって、穢《けが》らわしい虫でも振り払うかのように捨て台詞《ゼリフ》を吐いた。

「バチって当たるんですね」

達夫に当たって落ちたお盆は、まるで榊の怒りを主張するかのように、地面でうわんうわんと揺れていた。

＊

ようやくシェアハウスの屋根が見えてきた。

最後の曲がり角を曲がったところで、直達は咄嗟に神経を尖らせた。

シェアハウスの方から、足早に歩いてくる榊の姿が見える。榊はサンダルを踏み鳴らしながら、目に鬼火を燃やしてだんだんと迫りきていた。

直達は背筋を凍らせ、気を呑まれるほどの恐怖に息を潜めた。

閻魔《えんま》のような恐ろしい顔つきの榊が、もうそこに、すぐそばに来ている。肌が粟立《あわだ》ち、心臓を踏みつけられたような息苦しさで、あと一歩も動けなくなった。

ところが榊は、自分にはまるで気が付いていないようで、こちらに目をくれることもなく投げ槍《やり》のようにすれ違っていく。

直達は止めていた息をふっと吸い込み、ただならぬ事態を悟って再び走り出した。

覚悟を決めてシェアハウスの玄関を開けると、目の前にはミイラ状態の達夫と、その左右で框に膝立ちになった茂道と楓の姿があった。

茂道が達夫の顔に包帯を巻き、楓が目や口を塞いでしまわぬよう調整していたのだろう。慣れない手当てに二人が奮闘していた様子が窺える。

包帯で顔中ぐるぐる巻きにされながら、達夫が何度も「それぐらいで……」と口の中でもごもごと抵抗していた。

茂道と楓の手が止まり、達夫も気まずそうに直達から目を逸らす。鼻下に垂れ下がった包帯を下唇でヤギのように噛みながら、達夫がごくんと息を飲み込む音がした。

その足元には、赤黒い水玉模様のシミができている。

「なんでなんでなんで？　なんでなんで？　意味わかんないんだけど！　なんで榊さんが、直の父親をお盆でぶん殴るわけ？」

お盆という物的証拠を高々と掲げた茂道が、声に任せて余憤を吐き出している。楓は全てを悟りながら、ソファの端で気配を消していた。

玄関を粗雑に開け放して外へ出て行く榊と同時に、その流血現場を目の当たりにした茂道は、達夫が下手な嘘をついて直達と共に実家へ帰って行った後も、顔の底に憤りを湛《たた》えている。ついには、当事者達がいない合間に成瀬と颯を呼び出して、リビングで緊急会議を開いてしまった。

傷害事件の第一発見者らしくひとり騒ぎ立てている茂道の両隣りでは、成瀬が膝の上のムーを撫でながら黙って頷き、颯はソファの上で猫じゃらしを持ったまま、空気を読んで神妙な面持ちをしている。

「何もないとこで転んだって言ってたけど、あの状況から見て、絶対嘘だよね？　ね？　楓ちゃん」

「う、うぅん……まぁ……」

兄の隣でなるべく目立たないように背を向けて座っていた楓が、目を泳がせる。

「えげつないセクハラされたとか？」

と簡単に言う颯に、茂道が一歩踏み出して反論する。

「そんな人じゃないから。人のいーい、蚊も殺せないようなただのおじさんよ？」

「だとしたら、お盆アタックで流血沙汰はあり得なくね？」

兄が矢面に立っている隙を見て、立ち上がった楓が忍び足で一歩、また一歩と後退《あとずさ》る。

ところが兄は、まるで遅刻してこっそり席につこうとする生徒を見逃さない敏腕教師かのように、論議から抜け出そうとする楓を目も向けずに呼び止めてきた。

「おい楓。お前、何か知ってるな？」

颯の余計なひと言で、茂道の興味がこちらに向いた。その隣で成瀬は何故か、弱ったように瞬きを繰り返し、深い溜め息を漏らしている。

問い詰められてしまえば、嘘をつき通す自信はない。直達と二人だけの秘密を、こんなところで洗いざらい大発表してしまうわけにはいかなかった。

「し、知らない、何も知らない。そろそろ帰るね！」

そう言って楓は鞄を抱きかかえ、つんのめるように小走りにリビングから逃げ出した。

「お邪魔しました！　失礼します！　さよならー！」

廊下に出て、玄関を飛び出し、自転車に跨るごとに逐一別れを告げながら、楓は見事誰にも引き止めさせることなくシェアハウスを颯爽《さっそう》と後にした。


夕間暮れの空の色もわからない雑音の中、榊はひとり、スロットを回していた。パチンコ店の不協和音は苛立《いらだ》ちを紛らわすには丁度良い。

家族を捨ててまで愛欲にまみれた男に吐き気がする。人の家庭をめちゃくちゃにした張本人に、まさか恋物語を聞かれるとは思ってもみなかった。誰にも会いたくないほど嫌な気持ちになって、胸の内が波立っている。

「本当に？」というあのひと言で、何もかもわかってしまった。

達夫は過去の過ちを後悔し、復讐《ふくしゅう》されるのを恐れている。

子供から母親を奪っておきながら、自分の世界は守りたいのだ。

七が三つ並んで大量のコインが吐き出されても、榊は顔色ひとつ変えることもなく、ただひたすら無心でスロットのボタンを押し続けた。

＊

「老いの始まりよねー、なんにもないところで転ぶって」

直達の実家のマンションでは、パジャマ姿の麻子が達夫の鼻にコットンテープでガーゼを貼りつけていた。

「あぁ……」

「ヨガの先生が言ってたけどね、お父さん、それ、骨格の歪《ゆが》みなんだって」

「あぁ……」

麻子はそつなく手当てを済ませ、ちゃきちゃきと救急箱を片付けた。

ソファに腰を下ろしたまま心ここにあらずな父の姿を、離れた場所から直達が釈然としない気持ちで眺める。

実家に帰り着くまでの道中、散歩をしている見知らぬ柴犬《しばいぬ》に吠《ほ》えられて、通りすがりの女の子に笑われた。それもこれも先ほどまでミイラ男状態だった父に対してだが、情けなくて顔も上げられなかった。「ミイラ〜、ハッピーハロウィーン」と無邪気に手を振る女の子に、笑顔を返してやる元気もなく、結局父とひと言も話すことなく今に至る。

視線に気付いた達夫が、直達の方を向く。父と目が合った直達は、久しぶりの帰省にも拘《かかわ》らず家族団欒《だんらん》を過ごす気分になれず、静かに自分の部屋へ引っ込んだ。


本棚に眠っていたアルバムを直達がおもむろに手に取っていると、廊下を通りがかった麻子がそれに気付いて肩を寄せてきた。

「あら、懐かしい！　おじいちゃんの家ね」

最初のページは、自分の誕生日会の写真だった。

それから、初めて自転車に乗れた日、公園で遊ぶ姿、アルバムは幼い頃の直達の写真で溢れている。その一枚一枚を、直達は大切にめくっていく。

五歳の袴着《はかまぎ》の儀を迎えたあたりから、茂道との写真が増えていった。ページをめくるごとに、直達は幼少期の自分が幸せであったことを思い出す。写真の中の小さな自分が、叔父と一緒に笑い合っている。本当に楽しそうに。

祖父母の家で茂道と共に暮らした一年間は、直達にとって何よりも特別な思い出だった。

「この頃……楽しかったんだよね。おじさんが毎日、遊んでくれて。ザリガニ釣ったり、基地作ったり、一緒に漫画書いたり……楽しかった……子供だったから」

直達は写真を見つめながら、寂しそうに笑った。

当時捨てられていたことも、母がどれほど苦労したかさえ、この頃の自分は何も知らない。

大人になると色々なことがわかってきて、見えていた景色が色を変えていく。思い出の空はいつも青空だったのに、いつの間にか雨の日ばかりが気にかかる。

それなのに人は子供のままではいられずに、みんな大人になっていく。

「それは何より」

からりと笑う母に、背中をぽんと叩かれる。

「お風呂沸いてるよ！」

「うん……」

大切なことほど、よく見えないほうがいい。晴れの日ばかりのあの頃が、少し妬ましかった。真実なんて、誰かとこうして寄り添って、そうっと覗き込むくらいがちょうどいい。そうわかっているのに、見つけた途端に痛みだした傷跡は、どんどん膨れ上がって見えてくる。

パチンコ店が閉店時刻を迎えると、榊は袋いっぱいの景品を持ってシェアハウスに帰宅した。引き戸を開けると、いつからその場で待ち伏せていたのか、框の上で仁王立ちしている茂道の姿が見えて、榊は無考えに玄関から入ったことを後悔した。

「おかえりー」

「ただいま」

目も合わせずに返事をすると、茂道は嚙みつくように言及してきた。

「直の父親怪我させたの、榊さんだよね？」

「あの人がそう言ったの？」

「いや」

茂道がずい、と框に上がった榊の前に立ち塞がる。

行く手を阻まれた榊は、しぶしぶ茂道を見上げた。

「……本人は転んだって」

ばつが悪そうに目を逸らす茂道に、榊はうんざりしたように肩を下げてみせた。

「じゃあ転んだんじゃない」

そう言って榊は、景品の入った紙袋を茂道の顔の前にぐいと押し付けた。大きな紙袋に視界を奪われ茂道が顔を上げるまでの間に、廊下を強行突破するのは造作もないことだった。

「……じゃ、『じゃあ』って、なんじゃ――!! んっ!!」

背後から負け犬の遠吠えのような小さな叫びと、茂道の地団太を踏む音が聞こえてきても、それらは榊の知ったことではなかった。

榊は真夜中までキッチンに閉じ籠もり、茹《ゆ》でた大量のじゃがいもを、マッシャーで気が済むまで潰し続けた。

母親が家を出ていってからずっとこんなことの繰り返しだ。思い出したくもないのに、ふとしたことで心がかき乱される。料理はやり場のない感情を静めてくれる、唯一の手段だった。

＊

直達がリビングに出ると、熊沢家はいつも通りの平穏な朝を迎えていた。目玉焼きやソーセージののった皿で彩られた食卓に、父と母が肩を並べて座っている。

父はそれぞれの皿にサラダを盛り付け、母がパンにジャムを塗った。コーヒーの砂糖はこのくらいでよかったわねと無言で確認する母に、父が瞬きでそれに答える。

その何気ない光景は、二人が寄り添ってきた時間を物語っていた。

隙だらけの家族愛が、善良な市民面をして食卓に座っている。この日常が偽物だなんて、一体誰が気付けただろう。

二人の前の席についた直達が、かろうじて丸みを保っている目玉焼きの薄膜をフォークでつつくと、艶々した愛らしい膨らみはいとも容易《たやす》く醜く潰れた。

ひょっとしたら十年前から、両親は別の何かにすり替わっていたのかもしれない。見慣れた仕草もこの家も全て、長いお芝居だったのではないかとさえ思えてくる。いつの日か始めたままごとが、今も終わりなく続いているような気分だ。

黄身の潰れた目玉焼きを見ていると、なんだか食欲も失せてしまった。

「聞いたよ、昨日の話。お盆事件」

休日の昼下がりに榊がリビングに顔を出すと、さっきまで食べていたドーナツとコーヒーを置いて、成瀬が声をかけてきた。待っているだろうという気はしていたが、こうも起き抜けに言われると頭も回らない。

榊は寝ぼけまなこで流し台の横の水切りカゴから皿とスプーンを取り出すと、ダイニングテーブルの上に平然と置かれた山盛りのポテトサラダの前に腰を下ろした。

禍々《まがまが》しい存在感を放っているすり潰された哀れな芋達を、成瀬が隣の席から指差す。

「どうしたの、これ」

「別に……」

榊は大きな木製のサーバースプーンとフォークでポテトサラダの山頂を掬い上げ、持ってきた小皿にぺたりとのせた。

取り付く島もない榊に、成瀬が説き伏せるように口を開く。

「ニゲミチくんに、ちゃんと説明したら？　本当のこと言ったらわかってくれると思うし」

「じゃあ、教授が言えばいいんじゃない」

ダイニングテーブルに両肘をついていた成瀬が背筋を正した。

「僕は関係ない。これ君の話。一緒に暮らしていくつもりなら、君がなんとかしなくちゃ。直達くんのことも」

「言ったでしょ? 子供には関係ないって」

眉間に皺を寄せる榊に、成瀬はコーヒーを啜りながら頷いた。

「だったら、千紗ちゃんは、いつまで十六歳のままでいるつもり?」

ポテトサラダを口に含んだ榊の手が、ぴたりと止まる。

榊は舌の上で不明瞭になった芋を噛みしめながら少しずつ腹に流し込むと、もう一度大きく開けた口の中に、ポテトサラダを次々に放り込んだ。

今の望みはたったひとつ。そっとしておいてほしいだけなのに、それすら叶わないというなら一体何が叶うっていうのだろうか。

*

「直、直」

帰り支度をしていた直達が、その声に振り返る。

読んでいた新聞を閉じ、ソファから立ち上がった父の膝は、子鹿のように小刻みに震えていた。

母はベランダで洗濯物を干している。その隙を窺って、父はぎくしゃくと目の前までやってくると、丸まった腰をびしっと伸ばした。

「父さんに、何か、言いたいこととか、ない？」

直達が何も言えずにじっと見つめ返していると、父の方から弱々しく目を背けてしまった。たった数分もしないうちに、首を垂れてみるみる猫背に戻っていく。そんな不甲斐《ふがい》ない父を見ていると、怒りたいという気も冷めていった。

言いたいことなら山ほどあるのに、喉がつっかえて声が出ない。

いざ本人を目の前にすると、父親に自分を捨てたことを認めさせるのが怖くなった。真相を聞き出すつもりで実家に戻ってきたはずなのに、父の振る舞いを見れば見るほど現実が胸に突き刺さってきて腹が膨れる。

榊の話が嘘ではないことは、鼻のへし折れた父の顔が証明していた。今その理由を聞いたところで、なんの意味もないのではないか。我が子を捨てるほどの理由がどこにあるというのだろう。言い訳をつらつら聞かされて、頭を下げられても何も変わらない。気が晴れるのは、父の方だ。

直達はふと、前に榊が独り言のように呟いた言葉を思い出した。「怒ってもどうしようもないことばっかりじゃない」と言った榊は、もう怒りたい相手すらいないのだ。

だから直達は、文句を言う代わりに、「いい子」でいることをやめようと思った。

「あのさ」

躊躇《ためら》いながら俯き、もう一度顔を上げて、父を見つめる。

「……お金、ちょうだい。遊ぶお金」

直達はあれから、とてつもない罪悪感に駆られている。

怪我人からカツアゲをして、自分は何をやっているのだろうか。罪悪感を払拭するために、ぱーっと使ってやろうと思った金も、結局どう使えばいいかもわからずに、平飼いの鶏の卵を大量に買ってしまった。自分は悪にもなりきれないのかと、肩を落とす。

直達は魂の抜けたような足取りで、シェアハウスまでの帰路を歩いた。

ざっと六十はある大量の卵を両手にぶら下げ、ひとけのないシェアハウスに帰宅する。

玄関に榊の靴が無いのを見て直達は重い腰を框に下ろし、どっと深い溜め息を吐いた。

背負ったままのリュックが、背中にのしかかって重い。

きっと榊の抱えているものはこの何倍も重いだろうと思った。

いざ直接向き合うと、父に何も聞くことができなかった自分が情けなくなってくる。直達は框の上で根を生やし、しばらくその場に座り込んだ。

自分が十年前のことに関わることを榊が望んでいないのなら、もう深追いするのはやめよう。グレたら父が何回か死ぬし、今更母が怒っているわけもない。

手も足も口も出せないまま、これから先、自分はへらへらと知らないフリをして生きていくのだろうか。せめて思い切り怒れたら、少しは気持ちも晴れるのかもしれない。

突然、目の前の引き戸が開かれた。

買い物帰りの榊が、石像のように固まっている直達を見て気まずそうに引き戸を閉じる。

「榊さん！」

直達は引き戸の前に立ち、すり硝子越しの榊を見つめた。外にいる榊の影が、庇の下で立ち止まる。

「たまご」

「た、たまご？」

すり硝子の向こうから予想だにしない言葉が投げかけられ、思わず咳き込みそうになる。

「どうしたの、そんなにたくさん」

「あぁ、これは……」

直達は框の上の卵を見返し、言いにくそうに白状した。

「父からカツアゲしたお金で買ったので、みんなで食べられるものがいいかと」

「カツアゲって……」

榊の呆れ声に、直達は肩肘を張って訴えかけた。

「父の怪我のことは、気にしなくていいので。当たり前なので」

「当たり前？」

その言葉に引っ掛かったのか、榊の視線がさまよったように見えた。

「でも……僕がここにいるのが辛いなら、出ていきますから」

そう言いながら声を湿らせ、直達は榊からの判決を待って俯いた。

もう逃げられない。本当は榊と離れたくないのに、とうとう言ってしまったと思った。

「……お父さんから、何か聞いたの」

「父からは何も……バーベキューの日に、榊さんと教授が話してるの聞いちゃったんです、すいません」

あの時か、と榊が小さく息を吐く声が聞こえた。

榊の髪が、風に吹かれて揺れている。直達は顔を上げ、榊の横顔に集中した。

「出ていくことなんてないから。だから……直達くんは、何も知らなかったことに、しときんしゃい」

その口ぶりは、冗談めかしながらも直達を子供扱いしているように聞こえた。

「『しときんしゃい』……？　はぁ。わかり、まし……」

と言いかけて、再び俯きかけた顔を上げる。

一瞬、わがままを言ったら捨てられてしまうかもしれない、と頭に過ぎった自分に虫唾《むしず》が走った。

誰に捨てられるというのだろう。

本当は幼い頃から、なんとなく察していたのではないだろうか。何も知らない顔をして、必死にままごとを終わらせないようにしてきたのは、もしかすると自分の方なのかもしれない。そう思うと、急に嫌気がさしてきた。

両親を安心させるために、聞き分けのいい子供のふりをするのはもううんざりだ。

直達はガラッと勢いよく引き戸を開けた。

「俺は、そーゆうの、やです！」

どうにでもなれと思った。

榊の言う通り、過去のことなんて気にしなければいいのかもしれない。すっかり記憶ごと忘れ去ることができるなら、その方がいいに決まっている。でもそれができないから、知らず知らずのうちにじくじくと痒いかさぶたを剝がしてしまう。

気持ちをまっすぐ言い放ったら、やっと膿《うみ》が出たかのように胸が少し軽くなった。

榊の顔が、困惑したようにこちらを見上げる。硝子越しに目が合うと、榊はすぐにいつもの冷静さを取り戻すかのようにそっぽを向いて、子供を説き伏せるような顔つきに変わった。

「……ニゲミチ先生にはちゃんと説明するつもり」

あくまで大人ぶった口調で、戸惑う少女のように榊が言う。

「だから直達くんは、もう気にしないで。直達くんがいい子にしてれば、余計な波風は立たない」

「いい子じゃなくていいです」

直達は榊から目を逸らさず、握り拳を固めて言い返した。

「いい子じゃなくていいから、半分、持ちたい……です」

そう言って、何くそ根性で榊を見つめる。

らしくないのはわかっていた。反抗している自分自身が、本当は一番驚いている。

それでも変わらなければいけない理由が目の前にあった。わがまますら言えない子供のままでは、榊が背負っているものを、半分持つことさえできやしない。

変わろうと決めたなら、変われるかどうかなんて、悩んではいけないと思った。

第2章

相合傘

1

「何なのよ、話って。締切あるんですけどぉ」

暮《く》れ方《がた》、中華料理屋まで連れ出してきた叔父が、片膝に乗せた足をゆさゆさと揺らしながら頬杖をついている。

直達は中華テーブルを囲むように、榊と茂道の間に座った。茂道は向かい側にいる榊に、相変わらず剝《む》き出しの敵意を向けている。

「どんな理由にせよ、暴力は駄目だよね？　そもそも俺に謝られてもさ」

「榊さんは悪くないから。あの人が殴られるようなことしたの」

「はあ？」

直達に口を挟まれ、茂道が眉根を寄せる。

「父さんが昔……、十年前に、榊さんの母親とダブル不倫して」

直達がそう言うと、茂道は大袈裟《おおげさ》に吹き出した。

「……んぐっ！　ダブル不倫て、直の口からそんな……」

何を突然、と笑いながら喉を詰まらせた茂道の顔が、嘘偽りのない直達と榊の表情を交互に見つめる。面白半分に言うような話ではないことは、叔父が一番わかっているはずだった。

あっという間に、茂道の顔から血の気が引いていく。

「え、ちょっと待って、どゆこと？」

穢らわしい言葉を前もって消毒でもするかのように、榊はグラスの水を口に含んだ。

「直達くんの父親とうちの母親が、ダブル不倫して駆け落ちしたんです。十年前に」

「え？　え？　あの人畜無害な達夫義兄さんが？　ダブル不倫で、逃避行⁉」

淡々とした榊の説明に、茂道が店内であることも忘れて声を張り上げた。

混乱状態の頭を整理するように、茂道は円卓にある紙ナプキンを使って人物相関図を描きだす。登場人物は熊沢家と榊家一同、そして叔父。

「整理すると、榊さんのお母様の、不倫相手の、配偶者の、弟が、俺？」

マーカーペンでそれぞれの似顔絵を指し示しながら聞かれたので、直達が榊と同時に頷くと、叔父は土気色の頬をひくつかせた。

「俺があの家に住んだせいで、達夫義兄さんと榊さんは繋《つな》がった、と。つまり、お盆事件の、諸悪の根源は……俺⁉」

叔父は達夫と榊の似顔絵の間に一本の線を引くと、最後に立ち上がってマーカーペンで自分自身を指し示した。

「んー……そういうことになる、かも」

直達がそう言うと、隣で頬杖をつきながら榊も頷いた。へなへなと腰を抜かした茂道が、円卓で身体を支えながら榊の方に顔を向ける。

「あ……な、なんか、知らなかったとはいえ、すみませんでした」

そう言って茂道は再び立ち上がると、店のメニュー表を榊に掲げ、分かりやすく胡麻《ごま》を擂《す》り始めた。

「榊さん、北京《ペキン》ダック頼みます？　あ、フカヒレもいっちゃいましょうか？　店員さん、紹興酒！　三十年もの！」

「ニゲミチ先生が、謝らなくていいし、もう気にしないでほしい。直達くんも」

無理に気を配ろうとする茂道に、榊はそっぽを向いて、どうでもよいことのように続けた。

「私は、何もなかったことにして、今まで通り、暮らしたい」

食事が終わると、ひとり赤ら顔で酔い潰れている叔父が、紹興酒の瓶を頬杖にしながら直達にぼやいた。

「はぁー……直よぉ、なんでお前、そんな大事なこと、黙ってたんだよ。俺、なんも知らねえで……」

そんなに自分は頼りないだろうかと落ち込んでいる茂道をよそに、榊が長財布から五千円札を一枚取り出して、円卓に置いた。

「先、帰るね」

鞄に財布をしまってコートを羽織る榊に、直達は「え」と小さく声を漏らした。

「え、ちょ、いいのに」

そう言いながらも叔父は円卓をまわし、五千円札をしっかと手の中に収めている。直達が店を出ていく榊を目で追っていると、叔父が釘を刺してきた。

「お前さあ、何かあったら、言えよ」

その強い眼差しからは、甥にとって有能な叔父でありたいという、茂道の心の声が聞こえてくるようだった。隠していたわけではないけれど、叔父に相談しなかったことを今更申し訳なく思う。

「うん。ごめん」

直達が謝ると、叔父は目を瞑ったまま赤ら顔でこくこくと頷き、ふらりと立ち上がった。

「ん……トイレ」

よたよたと壁に手をつき、方向も定まらない足取りで手洗い場に向かった叔父は、思いのほかすぐに引き返してきた。

「トイレ、入ってたー」

という叔父の声が、閉まっていく自動扉の向こうで微かに聞こえてきた時には、直達は既に店の外に出ていた。誰もいなくなった円卓をぽつねんと見つめて、叔父は今頃しゃっくりをしているだろう。

いつの間にか空はとっくに夜の闇に満ちて、しんしんと底冷えしている。こんな星の音まで聞こえてきそうな静かな夜に、榊をひとりにさせたくなかった。

目の前の女性を放っておけないこの癖は、皮肉にも父親譲りなのかもしれない。

＊

「ママー、疲れたー！　おんぶしてー」

月の光が仄《ほの》かにさす橋の上を歩いていた榊の傍らを、幼い少女とその母親が通り過ぎていく。

「もうちょっとじゃんお家《うち》、もうちょっと」

「じゃあ抱っこでもいいから、抱っこ！」

駄々をこねて甘える少女に、母親が屈《かが》みこんで両手を広げる。

「抱っこ？　もうしょうがないね。いくよ、よいしょっ」

「やったー、抱っこだーー！」

抱き上げられた少女が、母親の首にしがみついて天真爛漫《らんまん》に笑った。

「重たいよ、もう」

「ママ大好き！」

「ママも、ユノ大好きよ」

そんな親子の会話を聞きながら、榊は橋の下を見つめた。

手を伸ばしたら飲み込まれてしまいそうな川面が、満月に照らされて蛍のように瞬いている。この穏やかで美しい輝きは、どこへ向かっていくのだろうと、榊は半ば見惚れていた。

木枯らしの吹く冷えきった水流は、何もかも流れに身を任せてしまえばいいのにと笑っているかのように、どこまでも続いていく。

走ってきた直達が、欄干にもたれて俯いている榊を見つけた。

「榊さん?」

恐る恐る顔を覗き込む直達に、榊は水面を見つめたまま口を開いた。

「泣いてないよ。怒ってもいないし、酔っ払ってもいない。なんか、今更恥ずかしくなっただけ。お母さん、不倫してたんだーって。直達くんは? 恥ずかしくなったりしない?」

榊はマフラーにうずめた顔を微かに上げて、静かに問いかけてきた。

「俺は……」

口籠もる直達に、榊がくるりと背を向ける。

「買い物してから、帰るね」

そう言って去っていく榊の腕を、直達は摑むことすらできなかった。

いつからだろう、わがままを言えなくなったのは。

半分持つとか大口を叩いておいて、結局何も知らない、何もできない自分が、中途半端で一番嫌いだった。

本当の自分は、少しもいい子なんかじゃないのに、いつの間にか自制心だけが旺盛の、そこらの水溜まりのような他愛のない大人になっていた。

2

「ふーん……そうなんだー。うーんじゃあ、熊沢くんが十年前のこと知ってるってこと、榊さんに伝えたんだ」

直達からことの成り行きを聞いた楓が、愛想笑いを浮かべた。

「うん。榊さんは、何もなかったことにして暮らしていきたいんだって」

放課後、緑色のロングコートの上からリュックサックを背負った直達の隣を、楓はユニフォーム姿で並んで歩いた。グラウンドに向かうまでのほんの僅かな時間の話題が、早々に終止符を打とうとしている。

せっかく相談に乗ってやろうと思ったのに、自分の与り知《あずか》らないところで決着はついていたようだった。

「ふーん……じゃあ、あの家にはそのまま住めるし、一応問題解決ってこと？」

そう言って楓がひらりと直達の前に立つ。

気付けばもう陸上部の練習場近くまで来ていて、楓は歩を緩めた。

「まあ、そうなるのかな？」

首を傾げる直達に向かって、楓はニカッと笑って見せた。

「そうだよ。もうイワシの頭、怖がんなくていいし」

「それはそうだね」

と直達の顔も、つられたように笑顔になる。

「じゃあ、頑張って」

「うん！　ばいばい」

直達は穏やかに手を振ると、後はもう振り向きもせずに校門へ向かって歩いていってしまった。

いつでも手を振り返せるようにその後ろ姿が見えなくなるまで見つめていた楓は、最後にしゅんと肩を落とした。

「……二人の秘密、なくなっちゃった……」

心配しているふりをしながら、心の内では直達と二人だけの秘密に浮かれていた。

自分はきっと、直達のことが好きなのだろう。

気持ちを認めた途端、ふいに頭がぐらぐらしてきた。榊のことも大好きなはずなのに、嫉妬を感じずにはいられないのだ。

恋とは、ずいぶん意地悪なものなのだなと、楓は直達の立っていたグラウンドの土を見つめた。

*

風呂上がりの髪をタオルで拭きながらリビングに寄ると、じゅうじゅうと何かを炒《いた》める音が聞こえてきた。直達がタオルで包んでいた顔を上げると、コンロの前にエプロン姿の榊の後ろ姿が見える。結わい上げた髪で剝き出しになった白いうなじに、直達がうっかり見惚れていると、料理中の榊が振り返らずに声をかけてきた。

「お腹空いてる？」

「すっ！　すい、空いてます！」

すかさず榊のうなじから目を逸らし、直達は背筋を正す。

そんなことは知る由もない榊は、竹ベラでフライパンの上の炒め物を滑らせながら頷いた。

直達は、買ってきた大量の卵と二人分のカレーが置かれたダイニングテーブルに、榊と向かい合わせに腰かけた。

榊が当たり前のように卵に手を伸ばし、カレーの上に生卵を割り入れる。その様子を、直達は固唾《かたず》を呑んで眺めていた。

これはきっと、関西で誉れ高き生卵カレーというやつだ。噂《うわさ》には聞いたことがあるものの、自分にとっては前代未聞の組み合わせである。

躊躇《ちゅうちょ》なくスプーンで黄身とカレーを混ぜ合わせる榊を見て、ついに直達も覚悟を決めた。卵を手に取り、机の角で叩き割る。

黄身を溶かしてカレーを口に放り込んだ瞬間、直達は思い掛けない奇跡に感動した。

卵とカレーが織り成すまろやかな調和が、口の中で完成する。まさに今、運命の二つが出逢《であ》うべくして出逢ったのだった。

「んんー！　何これんまっ！」

舌の上に、淡白で腑《ふぬ》抜けた甘い味が広がった。うまい、うまい、と腹の中に滑り込んでいく。こんなに相性ぴったりなのに、数分前まで出逢えなかったことが悔やまれるくらいだ。

飲み干すようにカレーをたいらげる直達を見て、榊も嬉しそうに微笑んでいる。

「美味しいです！　この生卵!!」

顔を上げて目を輝かせ、溢れんばかりに込み上げてくるこの胸のトキメキを伝えた、つもりだった。

瞬時に、榊の顔からさっと笑顔が消えていく。

「カレーじゃないんだ」

「！　あっ、いや、そうじゃない、あのっ」

と失言に気付いて慌てる直達に、榊がぴしゃりと言葉を返す。

「もういいから」

そう言ってカレーを黙々と頬張りながら、榊がいつもの仏頂面に戻ってしまった。

直達はポトラッチ丼の二の舞を踏んでしまったことを深く反省して、鉛を飲み込んだように黙り込んだ。

苦心の末、気まずさに耐えきれなくなった直達は、榊にずっと気になっていたことを聞いてみた。

「あ、あ、あの。榊さんて、彼氏とか、いるんですか？」

「いらない」

そう言われてしまえば、直達はそれ以上何も聞けなかった。彼氏がいようが、いまいが、榊にとって自分は、それを教える価値もないただの子供なのだ。

この壁を打ち砕くには、守られてばかりの自分を変えなくてはいけない。

霧が晴れ、熊沢家が朝を迎えようとする頃、達夫は暗闇の中でこそこそと押し入れを漁《あさ》り、衣装ケースの底に沈んでいた黒いクッキー缶を取り出していた。

音もなくそれを畳の上に置き、スチール製の蓋を開ける。と、中には達夫が昔使っていた銀色のガラパゴス携帯があり、ACアダプターを差し込むと、カメラレンズの横が赤く点滅した。

「よし」

折り畳み式の携帯を開けて小さな受話器ボタンを押し込むと、ささやかなメロディと共に携帯の電源が点いた。達夫は小さく喜びの声を上げ、そのまま表示された電話帳を下矢印ボタンでぽちぽちと順に下りていく。

さ行に登録されている『榊紗苗《さなえ》さん』の名前のところまできて、達夫は操作をやめた。

背後にただならぬ気配を感じて、ゆっくりと振り返る。途端にバチンと照明が点き、阿《あ》修羅《しゅら》のような形相をした麻子の姿が煌々《こうこう》と照らし出された。

3

「昨日、榊さんに彼氏とかいるんですか？　って、聞いたら」

「え？」

下校途中の楓が、ポケットに突っ込んでいない方の手で苺《いちご》ミルクを飲みながら、直達を見返した。

生徒達が行き交う廊下を並んで歩きながら、片手に牛乳パックを持った直達が、ゆるりと話しだす。

「いらない、って言われて」

直達はまるで独り語りのように、ぶつぶつと話を続けた。

「いる、でも、いない、でもなくて、いらない。ってどういうことなのかな」

榊の話ばかりする直達に内心モヤモヤする気持ちを隠しながら、楓は健気に口角を上げてみせた。

「いらないって言うんだから、いらないんじゃない？」

「え、つまり彼氏は今、いなくて、この先も、いらないってこと？」

楓は立ち止まり、直達をじっと見つめた。苺ミルクを持つ手に少し、力が入る。

「……そんなに、気になる？」

「え？」

直達が楓を見つめ返す。

すると突然、直達の制服のポケットが震えだし、スマートフォンがＬＩＮＥの着信を知らせていた。

脇からトーク画面を覗き込むと、『母、病院。父より』と達夫からの不穏なメッセージが届いている。

「は？」

制服のまま直達が病院に到着すると、院内の待合席で背中を丸めている父を見つけた。

「母さんは？」

直達が傍まで駆け寄ると、達夫はまだ鼻のガーゼが取れないままの惨めな顔を上げた。

「今、色々検査受けてる」

「どうしたの、何の病気?」

「ACアダプター」

訳の分からない回答に、直達はぽかんと口を開いた。

「はぁ? ……え、AC?」

「を自分で振り回して、頭に当たって」

そこまで言って、達夫は再び項垂れた。

背後から「直?」と耳馴染みのある声がして、直達が振り返る。

すると頭に包帯を巻いた麻子が、看護師に車椅子を押されて目の前までやってきた。

「やぁだ、わざわざ来てくれたの? 学校は?」

検査着姿であっけらかんと笑う母に、心配して歩み寄る。

「大丈夫なの?」

母はてへっと首を傾げてみせた。

「骨格の歪みねー、なんでもないところで転んじゃって」

直達はちらりと父の顔を窺い見た。夫婦というものは、嘘のつきかたまで似るのだろうか。父は目を伏せて肩をすぼめていた。

「じゃあ、まだ検査あるから。またね！」

ひらひらと手を振る母が、車椅子を押されて去っていく。

直達は二人きりになってから、不甲斐ない父を睨んだ。

「……どういうこと」

「ん？」

とぼける父の態度につい苛立ち、食ってかかるように問い詰める。

「どういうこと」

達夫はこちらを直視せず、言いにくそうに口を開いた。

「うん……榊さんのお母さんにね、もう一度連絡しようと思って、昔の携帯に電源入れてたらね、お母さんに見つかっちゃった。……うまくね、なんとか説明しようと思ったんだけどね、父さんポンコツで……」

おろおろと目を泳がせながら話す父を、直達は不機嫌に睨み続けた。

「なんで今更そんなこと」

「いや、別にもう変な下心とかないんだよ。ただ……罪滅ぼしができないかなって」

「罪滅ぼし？」

「うん、いやこないだね、娘さんに会った時にね、うちはお母さん帰ってこなかったたって。あれから、一度もお母さんに会ってないって言うから。……あ、それに、『私、恋愛しないので』とか、言うし。……なんとかできるなら、なんとかしたかっただけで……」

「それで母さんは怪我するし、父さんのやること、全部裏目に出てんじゃん」

「うん、わ、分かってる。ただ……」

「ただ、何」

追い詰められた達夫が、泣き出しそうな顔を上げて、前を見据えた。

「いやちょっと、ちょっとでもいいから、自分のことを、ちゃんとした……、ちゃんとした人間だと思いたいんだよ……」

父はしゃがれたジャラジャラ声でそう言うと、また老爺《ろうや》のように腰をこごめた。

＊

直達が駅に戻る頃には、空をひっくり返したような七つ下がりの雨が降っていた。ざんざんと降りしきる雨はまるでやむ気配もなく、視界を一層うやむやにする。

傘のない直達は、有無を言わさず地上に叩きつけられて黒い大地に飲み込まれていく雨の針を、ただじっと眺めていた。

父に優しくすることは、榊に対しても後ろめたい。

とは言え父に、あれ以上追い打ちをかけることはできなかった。母はてっきりもう怒っていないものだと決めつけていたが、そうではなかった。

結局みんな、平気なふりをして生きているだけなのだ。そう思うと、寧《むし》ろほっとする。仮面を被って大人を繕っていたのは、笑顔の母も、人のいい父も、気丈な榊も、自分も同じだった。

みんな心の中の降りやまない雨に、それぞれの傘を差している。

帰宅ラッシュの人々の流れが、改札を通り抜けていく。

川の真ん中で地面にしがみつく岩みたいに突っ立っていると、突然何かに腕を小突かれた。振り返ると、会社帰りの榊が折り畳み傘の先端をこちらに向けてむくれた顔をしている。

「あ、榊さん!」

榊は直達を一瞥すると、赤い折り畳み傘をばさりと開いた。

「帰るよ」

「あ、はい」

足早に先を行く榊に追いついて、直達も同じ傘の中に入った。

橋の上を、同じ歩幅で並んで歩く。傘を託された直達は、榊が濡れてしまわないように必死で傘を傾けた。

榊の水色のコートの上に張り付いた雨粒が沁《し》みていくのを見ていると、父の血筋を引いている自分に後ろめたさを感じてくる。

橋を渡り切ったところで、前方から走ってきた原付バイクを榊が避けた。二人の距離が少しだけ近付いて、ふわりと雨の香りが舞う。

ばくばくと脈打ちだした心臓の音に気付かれないように、直達は眉ひとつ動かさない榊に話しかけた。

「……さ、榊さん。彼氏いらないって、恋愛しないってこないだ言ってたじゃないですか」

「言ったね」

「それってやっぱり、昔、俺の父親と、榊さんの母親が不倫してたことが原因ですか？」

榊は薄笑いを浮かべた。

「……だったらどーだって言うの？」

「だったら……俺も恋愛しません」

榊がこちらを凝視して、歩みを止めた。

その鋭い視線に負けるまいと、直達も榊を見返して立ちすくむ。

「バッカじゃないの？」

吐き捨てるようにそう言って、足早に傘の外へ出ていってしまう榊を追う。

追いついて再び傘をかざしても、やっぱり二人が入るには傘は少し小さかった。

もしも自分がいなければ、榊の肩が濡れることはなかったのに。

それでも彼女の傘になりたいだなんて、図々しい気持ちが込み上げる。

傘に弾ける雨音は、沈黙を優しく掻き消してくれた。

4

「うで玉子、いる？」

二つの鍋で大量の卵を茹でていた榊が、制服でリビングに降りて挨拶をする直達に聞いた。生卵カレーの件といい、榊はどこの出身なのだろうか。

鍋からもくもくと上がる蒸気の中から振り返る榊に、根っからの関東育ちな直達は冷蔵庫の牛乳を取り出しながら聞き返した。

「うで、玉子?」

大皿に寄せ集められたあり余るほどの茹で玉子の山が、ダイニングテーブルに座る直達の前にごとんと置かれた。

榊は更に大盛りのもうひと皿をその横に並べ、直達の前の席に腰を下ろす。

「昨日のことは忘れてやるから、君も、もうつまらんこと言うのはやめな」

「俺は」

「君のために言ってるんじゃないの」

反論を遮《さえぎ》り、茹で玉子をテーブルに叩きつけて殻を剝きながら、榊は気取った素振りで言い退《の》けた。

「君のことを好きになる女子もいるだろうから、その子のために言ってるんです」

悠々と食べ始める榊に無言で対抗するように、直達も目の前の茹で玉子に手を伸ばす。

榊の持っていた塩を奪い取り、殻を剝いた茹で玉子に齧《かじ》りつく。

挑発的な顔で次々に頬張る直達に、相手にしていなかった榊も徐々に対決姿勢になった。両者一歩も引かないぞと睨み合い、ひたすら茹で玉子に食らいつく。

さもイイコトを言ってやっているという体で、榊はいつも優しく突き放してくる。それに対する寄り添い方がわからないから、直達は自分が決めたことは変えないことにした。榊が恋愛をしないと言うなら、自分も恋愛なんてしない。意地でも彼女をひとりきりにはさせるもんかと、直達は心に決めた。

陽光が差し込む窓際のリビングでは、ムーがおもちゃで遊んでいる。

*

「大丈夫？　体調悪い？」

閑散とした教室で直達がひとり机に突っ伏していると、すぐ傍で優しい声が降ってきた。また性懲りもなく部活の朝練を抜け出してきた楓を見上げ、直達は苦しげに息を吐く。

「ああ、大丈夫……ちょっと朝、食べすぎただけ」

「なら、いいけど……考えすぎてない？　榊さんのことで」

両膝を床につけて腕を机の上に置き、楓がじっと顔を覗き込んできた。

直達はあまりの近さに驚いて、「んん……」と伸びをするようにうつ伏せになっていた身体を起こす。

それから、昨夜濡らしてしまった榊の肩を思い出した。

「榊さんが恋愛しないのは、やっぱり昔のことが関係してるからで」

「うん」

「だから俺も、恋愛しないことにした」

少しの間、楓がぴくりと肩を震わせて硬直してしまったように見えて戸惑った。

榊のように、楓も呆れただろうか。

「……いいね！　いいと思う！」

だからこうして楓がすぐにいつもの笑顔を見せて頷いてくれたことに安堵《あんど》して、直達は無邪気に顔をほころばせた。


ユニフォーム姿でトラックを回りながら、楓はどんどん他の部員を追い抜いていく。

「泉谷さん、ベスト更新！」

いつの間にかゴールを切った楓の後ろから、ストップウォッチでタイムを計測していた女子部員の声が遠退いていく。

今朝からずっと胸のあたりがもやもやして、何もかも上の空だった。

気付けば今も、放課後の部活動の真っ最中だ。

不思議と疲れは感じなかった。このまま、どこまでも走れる気さえする。

「どこ行く⁉」

どこか遠くで微かに聞こえてきたその声が、なんだか小鳥のさえずりのようにどうでもよかった。欲しいものも知りたいものも、タイムなんかじゃない。

楓は校門を抜け、無心で走り続けた。

＊

中庭で洗濯物を取り込んでいた榊は、突然背後で砂利を蹴る音が聞こえて、何ごとかと振り向いた。見ると、楓が息を切らして両膝に手をついている。

「楓ちゃん？　どうしたの」

榊は慌てて乾いた靴下を洗濯バサミから外しながら聞いた。

「榊さんのっ」

「お水、飲む？」

「榊さんのせいです！」

「え？」

榊は解《げ》せない顔で楓を見つめた。

「榊さんが、恋愛しないとか言うから、熊沢くんまで、恋愛しないとか言っちゃって」

またこれか、と心にさざ波が立つのを隠して、榊は腕を組んだ。

「私言ったよ？　直達くんはそんなことする必要ないって」

「撤回してください」

「は？」

「恋愛しないってやつ。榊さんが嘘でもなんでも撤回したら、熊沢くんもそんなこと言わなくなるんじゃないですか？」

怒りの矛先を自分に向けられたことへの理不尽さに、榊は瞬きを繰り返した。

「……なんでそんなこと、人に指図されなきゃいけないの？　楓ちゃんには関係のないことでしょう？」

「関係ないけどっ、ずーっとここら辺が、モヤモヤするんです！　毎日！　二十四時間っ！」

そう言って自分の胸元を摑んだ、そのシャツの皺と同じくらいに、楓は綺麗《きれい》な顔をくしゃくしゃにして訴えかけてきた。

「楓ちゃん。直達くんにはもう一度強く言っとくけど。自分の恋愛がうまくいかないのを、他人のせいにする女にはなるな」

榊はつい大人げなく、食い込み気味に決定打を放ってしまった。

真っ赤に染まった楓の目に涙が溜まり、いよいよ一筋の涙が頬を伝っていくのを見て、はっとした。

言いすぎたことを後悔しても、今更取り繕う言葉が見つからない。

「……おじゃましましたっ！」

何も言えずにいる榊の前で、楓が涙を振り払うように一礼して走り去っていく。

榊も胸が空っぽになるような、長い息を吐いてその場にしゃがみこんだ。目を瞑ってうずくまると、もう一歩も立ち上がりたくなんてなかった。

今までずっと静かに暮らしてきたのに、なんだって今さら、次々とゴタゴタしていくのだろうか。

誰のせいでもないはずなのに、誰かのせいにしてしまいたくなる。問題を責任転嫁しようとしているのは自分も同じだった。

＊

「え？　榊さんと泉谷さんが？」

キッチンで上機嫌に料理をしている茂道の隣で、直達が身を乗り出した。

フライパンの中に充満していた白い気体が、玉手箱のようにぼわんと舞い上がって蒸発していく。茂道はガラス蓋をコンロの横に置き、ぱちぱちと水滴が弾ける鉄板の上から、ターナーで焼きあがった餃子《ギョーザ》をすくいあげた。

「なぁんか、お前のことで揉《も》めてたぞぉ」

いわく、夕方頃に急に楓がやってきて、庭先で榊と口論を始めたという。リビングの窓越しに盗み見た恋の空騒ぎを、茂道は意気揚々と報告してきた。

「え？」

「だから、お前巡っての女のバトルよ」

甥の色恋沙汰にほくほくと顔をほころばせながら、茂道が祝いの餃子を皿に盛った。

叔父は外見こそ髭《ひげ》を生やしたおじさんのくせに、中身は他人の修羅場が大好物のおばさん気質なところがある。

そんな叔父を尻目に、直達はやれやれと溜め息を吐いた。

「そんなわけないでしょ。本当はなんで喧嘩《けんか》してたの」

味も素っ気もなく一蹴すると、茂道は口を尖らせた。

「いや、ほんとだって」

話を聞いても埒《らち》が明かないので、直達は十個分の餃子皿と缶ビールを盆にのせて叔父から離れた。

「ほんとだよぉ？」

緩みきった頰のまま、おちょぼ口でそう呟く叔父を無視して、直達はさっさとキッチンを出ていった。

「榊さん。おじさんの餃子、持ってきたんですけど」

直達は榊の部屋の前に立ち、襖越しに声をかけた。

部屋にいるはずの榊から返事はない。

叔父の話を鵜《う》呑《の》みにしたわけではないが、楓との口論は気になった。楓と何があったのかはわからないが、怒っているか、落ち込んでいるということは間違いなさそうだ。

「焼き立てなので」

と玉砕覚悟でもう一度呼びかけてみると、意外にも襖の奥から微かに声が返ってきた。

「……どうぞ」

待ってみるものだな、と盆を持っていない方の手で襖を開けると、榊がベッドを支えに立ち上がったところだった。

たった今榊が手をついたその皺だらけの布団を見て、直達はもう挫《くじ》けそうになった。今の今まで、彼女がそこに顔をうずめていたであろうことが分かってしまったからだ。

直達は小さな木製テーブルの上に盆を置き、決まりが悪そうに窓際に背を向けて立っている榊の後ろ姿を眺めた。

「……楓ちゃんに、謝っておいてください。ひどいことを言ってしまったので。……女子高生相手に、何やってんだって感じだよね」

榊はカーテンを整えるふりをしながら、ぽつぽつと打ち明けてくれた。

「これまでは、うまくやれてたのに……余計な波風が立たないようにって」

窓際の柱に寄りかかりながら、榊がそう呟いた。

その何気ないひと言が、直達に負い目を感じさせることも気付かずに。

「俺がここに、来るまでは、ってことですか？」

か細い声で直達がそう聞くと、振り返った榊は狼狽《うろた》えるように瞳を揺らした。そんな榊を見て、自分はきっと今、酷《ひど》い顔をしているのだろうと思った。

「そんなことは、言ってない」

当惑の色を見せて口をきゅっと結んだ榊が、どこか幼く見える。

あなたのせいだと突きつけられたような気がして、あの雨の日に感じた罪悪感が蘇った。

＊

薄暗い店内に足を踏み入れた楓は、壁に飾られた独特な絵画の数々が妖光に照らされて、それらしき雰囲気を醸し出しているのを見て目が眩《くら》んだ。

「すいませーん。お待たせ――」

と言いかけて、にここと部屋に入ってきた占い師が、客席を見てぱっと顔つきを変えた。

「なんだお前かよ……」

「なんだは無いでしょ」

その占い師は、長い髪に銀河色のベールを被り、大輪の花をあしらった黄色いワンピースを着て、首元には数珠《じゅず》繋ぎのネックレスを纏《まと》っていた。

多種多様な天然石や水晶で装飾されたテーブル席から身を乗り出して、楓が女装姿の兄に満面の笑みを向ける。

「ねえお兄ちゃん、占ってよ。恋愛運」

「家族の恋愛運とか気持ち悪いので見たくありません」

真顔で丁重に断られたので、楓は言い方を変えてみた。

「私じゃなくて。熊沢くんと、榊さん」

「なんでそこよ？」

「んーだって、ダブル不倫した親の子供同士が出会っちゃうなんて、どう考えたって運命じゃん！」

「ふーん、なるほどね……」

颯はさして驚いた様子もなく、タロットカードを切り始めた。その中から一枚のカードをぺらりと粗雑にひっくり返し、たったひと言。

「はい、運命です」

「えっ、で、ちょちょっ、ちゃんと占ってよ！」

示されたカードには、神や神獣に囲まれた回転する大きな金輪の絵が、正面を向いて描かれていた。

得体の知れないカードを手にして、楓がでたらめだと非難する。

「他人に訊《き》かなきゃわかんない恋なら諦めろ！」

テーブルの上でタロットカードを交ぜながら、いけぞんざいに突っぱねる兄に、楓も立ち上がって言い返す。

「占い師の言うことじゃねぇ！」

身も蓋もない正論を振りかざす兄に、楓はテーブルを叩くように運命のカードを突き返した。

「ありがとうございました ー」

強制終了させようとして恭しく頭を下げる兄に向かって、楓が抗議する。

「え、もう一回やって」

「八千円になります」

「たっか！」

5

「ねね、ちょっといい？　話があるんだけど」

昼休憩の教室で、鞄から弁当袋を取り出していた楓がその声に顔を上げた。見ると、直達が両手に玉子サンドと牛乳パックを持って、目の前に立っている。

突然のランチの誘いにニンマリしそうになる唇を嚙んで、楓はごく自然に、よくあることのように、平静を装って席から立ち上がった。

「うん！　いいよ」

教室を出ていく二人を見て、同級生達は甘い香りに色めき立っていた。

直達と一緒に音楽室のグランドピアノの前で腰を下ろし、昼食を広げる。

楓の二段式の弁当箱は、二段目が豆ごはん、一段目が五色のおかずで花畑のような彩りが広がっていた。手作りの玉子焼きや唐揚げ、さつま芋やナポリタン、そして星形胡瓜《きゅうり》が入っている。

「唐揚げ食べる？」

コンビニの玉子サンドを食べていた直達に、楓は一段目の弁当箱を両手で差し出した。

「いいの？」

気をよくした直達に、楓がにっと笑う。

「うん。はい」

「ありがと」

ピックに刺さった楓の手作り唐揚げを手に取り、直達は躊躇なく口に放り込んだ。

笑顔を零《こぼ》した直達に、おずおずと味の評価を聞いてみる。

「どう？」

「美味しい」

「そう、ふふっ」

にたにたと笑みが零れる。楓が頬を染めてはにかんでいると、直達は口の中の唐揚げを飲み込み、いつになく真剣な顔を向けてきた。

「あのさ」

「うん」

緊張が伝わってしまいそうで、楓は直達を直視することができなかった。欲しかったものが今にも手に入りそうな、そんな期待で鼓動が激しくなってくる。

「榊さんが、謝ってたよ。泉谷さんに、ひどいこと、言ったって」

まるで背負い投げをくらわされたような気分だった。

「ふーん……そう」

もぐもぐとおかずを嚙みしめながらしらばっくれる楓に、直達が追い打ちをかけてくる。

「泉谷さん、もしかして榊さんに何か、言った?」

「何か、って?」

箸を止めて、楓は直達の横顔を見つめた。喉の奥のもやもやが、熱を帯びて込み上げてくる。

「俺が恋愛しないって言ったこと、とか」

「うん……言ったよ?」

「なんでそんなこと言っちゃうの⁉」

責めるような直達の口調に、楓はそっぽを向いて口返答《くちごたえ》した。

「……だって、熊沢くんが恋愛しないとか言うから」

「だから、なんでそれをわざわざ榊さんに？」

楓はすっかり萎《しぼ》んだ海ぶどうになり果てていた。どこまでも鈍感なこの男を、誰かに懲らしめてほしいくらいだ。

榊に当たってしまった自分が悪いことは充分わかっている。それでもこの男にだけは責められたくなかった。

ちゃんと考えれば、みんな嫌な思いをしなくても済んだはずなのに、腹の底に巣くっている阿修羅が悪さをする。

初めて好きになった相手が別の人に心を奪われているなんて、自分だってこんな状況は望んじゃいない。それがどれだけ辛いかなんて、きっとこの人は知らないだろう。

「熊沢くんはさ、自分のことを好きになる人がいるとは、考えなかったの？」

肉の薄い尖った鼻先が、直達の方を向く。

硝子細工のような直達の瞳の中に、眉間の皺を深くした自分の姿が映った。

「へ？」

「いるよ」

そう言って楓は矢庭に立ち上がり、直達を見下ろした。

「何を隠そうこの私……この私のことです！」

「……え、えぇ……」

「ご理解いただけたか、このハート泥棒！」

立ち上がった拍子に膝から滑った弁当箱の蓋が、カランカランと音を立てて床に落ちた。

「え、あ……はい」

食べかけの弁当箱と拾った蓋を持って、楓はむしゃくしゃする気持ちを晴らすようにドスのきいた足音を響かせながら、音楽室を出て行った。

がしゃんと力任せに扉を閉めて、雄々しく去った楓の姿に呆気に取られ、直達は持っていた玉子サンドを落としかけた。

＊

「直達くん。どうしたの？」

魂が抜けたように河岸際《かしぎわ》で三角座りをしている直達を、誰かが呼んだ。声に振り返ると、会社帰りの榊が夕明かりに染まる土手沿いの斜面を降りてきていた。

直達はすぐ川面の方へ向き直り、俯き加減に呟いた。

「……反省」

「反省？　何を？」

直達は裁きを受ける者のように項垂れた。

「榊さんが言ってたことを、ちゃんと真剣に聞いていれば、あんな無神経なこと……」

そう言って、隣に腰を下ろした榊を見る。橋の上から気付いたのなら、きっと自分は人生の盛りの時期を過ぎた釣り人にでも見えていたことだろう。

「榊さんは知ってたんですか？」

「何を」

「俺のことを、好きになる女子もいるとか、言ってたじゃないですか」

「ああ……さては告白されたね？」

榊がニヤニヤと眉をそびやかし、ふふっと笑う。

「で、どうすんの？」

詰め寄られた直達は、一層萎《しお》れて小さくなった。

「どうもこうも、俺、今はそういうのは……」

「なんでだよ〜〜、派手に浮つけよ〜〜！」

肘で肩を小突いて他人《ひと》ごとのように浮かれ騒ぐ榊を、直達が恨めしく睨みつける。

榊も直達の視線に気付き、ほくそ笑んでいた顔から熱を冷ました。

「何」

「……別に」

「あのさ。本当はさぁ。『半分持ちたい』って言ってくれて、嬉しかった。ありがとう」

そこまで言って鼻で深呼吸すると、榊は直達の頭に手を伸ばし、ポンポンと髪を撫でた。

「……それだけで充分だから、安心して、リア充におなり」

あの日ムーに向けられていた木漏れ日と同じように、榊は優しく微笑んだ。

どうして周りは、自分がいいなりになると思っているのだろう。

いい子でいるのをやめようと決めたのも、考えてみれば榊の負担を減らすためなんかじゃない。榊のせいにして、自分はただグレていただけだった。

それなのに今、またぬけぬけと榊の重荷を「半分持ちたい」と思ってしまっている。

自分より酷い目にあった榊も、大地を踏んでまともに歩いているふりをしながら、心の内では感情の渦に呑み込まれてしまわぬように、必死に藻掻き苦しんでいた。

このまま子供扱いされたままでは、溺れる榊を救い上げることもできない。

「お先」

そう言って立ち上がり、榊が歩き去っていく。

また、置いていかれてしまう。

二人で並んで歩く時は、いつだって榊のほうからだった。

今度こそ自分から、榊の隣を歩きたい。

いつものこの距離を壊さなければ、何ひとつ勝ち取ることはできないのだと気が付いた。

「榊さんっ！」

石のようだった腰は途端に軽くなり、いつの間にか土手を駆け上がって榊を呼び止めていた。

「あのっ！　飲みに行きませんか？」

「んーっ」

直達と入った中華料理屋の店内で、榊が干し梅をひと口齧ってはグラスに注いだ紹興酒を啜っている。

とろけるように瞼を閉じ、ほうっと息をつく榊の姿を横目に、直達も自分の空グラスを手に取った。さりげなく、紹興酒の瓶に手を添える。

ギリギリまで近くに瓶を滑らせて、注《つ》ぎかけたところで榊に気付かれた。睨まれたのでそっと紹興酒を手離すと、榊は視線を料理に戻し、海老《えび》チリに箸を伸ばした。

口に入れ、身震いしながら額に縦皺を寄せているその隙をついて、直達がもう一度紹興酒を手に取る。

噛めば噛むほど旨味が溢れ出すという風に悶絶《もんぜつ》していながらも、榊は視界の端に捉えた不穏な動きはしっかり見逃さなかった。

素早い手つきで紹興酒は押収され、鷹のような眼光が直達に突き刺さる。

「ちょっとだけ。味見くらい」

直達はこの際、無理を承知でねだってみた。

「いーよ」

箸を置いた榊が、円卓に片肘をのせて軽々しく言った。

「え、やった！」

予想外の余福に与り、いそいそと紹興酒をかっ払う直達の隣で、榊は突然、着ていたブラウスの袖を捲《まく》り上げた。

「私を倒したらなぁ！」

「え⁉」

しっしと悪魔の笑みを浮かべる榊を見て、直達の顔が曇る。

「レディ……ゴッ‼」

かくして、紹興酒を賭けた腕相撲対決が始まった。

円卓を台にして、二人の手が重なり合う。全力を注ぐ榊に対し、直達も握る手に力を込める。

瞬く間に榊が劣勢になり、今にもテーブルに腕がつきそうになったところで、「とうっ」と直達の顔におしぼりが投げつけられた。

「うっ！」

直達が顔を背けた次の刹那、一気に腕を倒して榊が逆転の白星をあげる。

「うし！」

「ずっ、りぃ〜！」

榊は右腕を天井に突き上げてガッツポーズすると、また紹興酒をひと口飲んで、真っ赤な頬で少女のような笑顔を見せた。

「まだまだだなぁ！」

と鈴のような笑い声を上げ、笑壺《えつぼ》に入った榊が腹を抱える。

そんな天真爛漫な榊の姿に、直達は恋に落ちていた。そう認めざるをえないほど、榊の屈託のない笑顔に心が奪われてしまっている。

本当はもっとずっと前から、心が惹《ひ》かれていた。

恋愛をしないと榊は言う。榊に恋をしているとは言えない。

恋愛をしろと榊が言う。その顔に見惚れているとは言えない。

こんな堂々巡りを続けていても、どうにもならないとわかっていても、気付いた時にはもう遅い。

人を好きになるということは、抗いようもない本能だ。

十六年生きてきて、そのことを初めて知った。

夜のとばりが下りた橋の上を、頭の中のリズムと歩調の合わない様子の榊が上機嫌に歩いていく。ほてった身体に冷たい夜風が余程心地よいのか、榊はマフラーを羽衣のように肩にかけ、ぱたぱたと羽ばたかせて笑っている。

橋を渡りきったところで足を絡ませてよろめく榊を、直達が抱きとめた。

「土手から転げ落ちますよ」

「大丈夫！　もう、ひとりで帰れるから。ほっといてよ」

榊は振り向き様にマフラーの端でばしっと直達の顔を叩くと、摑まれた両腕から身を引き剝がした。

「ほっとけませんよ」

すっかり千鳥足の榊を見て、直達が表情を和ませる。

榊はそんな直達を一顧して、苦虫を嚙み潰したような顔をした。

「直達くんはさぁ、いい子なのにさぁ、妙なとこで言うこと聞かん」

「いい子じゃないですもん」

「いい子だよ」

と榊がおかしそうに笑う。

「あー、私も直達くんみたいにいい子だったら、あの時、あんなこと言わなかったのになぁ」

「あの時？」

直達の顔をちらっと見た榊が、ふっと口角を上げた。

「……一度、出ていった母に会ったことがあんの」

榊は自分の胸にぎゅっと両手を押し当てて、上目遣いに母親の真似をしてみせた。

「『お母さん、千紗のこと嫌いになったわけじゃない』って言って」

自分の演技に吹き出しながら、榊は更におどけてみせる。

「私は、『出ていくなら、嫌いになったのと同じだよ』って言って。そしたら、『千紗も好きな人ができたらわかる』って」

台詞がかった鼻音声《びおんごえ》でそう言うと、榊は鬱憤を晴らすかのように、直達の腕をばしばしとマフラーの両端で叩いた。

けらけらと笑っているその笑顔が、ほんの少しわびしげに見える。

「で、私は……『あんたみたいなサイッテーな、クズババアの気持ちなんて、わかりたくもない！』『私、一生、恋愛しないから！』って」

そう言ってうずくまり、榊はマフラーで顔を覆った。

「それで、家に帰って、作って食べた」

「え？」

「ポトラッチ……」

マフラーから顔を出した榊が、気の抜けたようにぼそりと呟いた。

＊

十年前、母親が家を出てから暫《しばら》く経った頃、非通知で携帯に着信が入った。それが母親だということは、なんとなく直感できた。

電話に出ると会って話したいと言われたので、二人だけでレストランで会う約束をした。

会ったらまず、お父さんも自分も怒ってないよ、ということを伝えよう。きっと何か事情があって、帰ってくるのが難しくなってしまっただけだろうから。

ようやく出前や出来合いの惣菜《そうざい》弁当生活から解放されて、温かい手料理が並んでいた食卓を取り戻すことができる。そのうち帰ってくるだろうと、本気でそう信じていた。

それなのに、「好きな人ができた」と言われた。熊沢達夫と会ったのもその時が初めてだ。

頭が真っ白になって、その後は何も考えられないまま帰宅した。着替えもせず台所に向かって冷凍庫を開けると、凍ったままの薄切り牛肉の塊を大鍋にぶち込んだ。玉ねぎを乱暴に切り入れ、麺つゆをこれでもかと回し入れ、具材を暴力的に煮込んで、最後にのり切らないほどの肉をご飯の上にこんもり乗せた。それがポトラッチ丼。

まさに脱ぎ捨てられた服のようなその有り様は、心の中にある重いものを下ろしてしまいたかったからなのかもしれない。

「私も直達くんみたいにいい子だったら……あんなひどいこと言わなかったら……戻ってきたのかもしれないなぁ……」

十年前の後悔を思い出して見つめた川の水は、とどまることなく流れていた。あの時心に刺さった小さな棘は、今では振りほどいても、摘まみ出しても、蔦《つた》のように胸に絡みついて離れない。

まるで自分の時間だけが止まっているかのように、みんな前に進んでいる。

＊

シェアハウスに帰宅して、直達がリビングに戻ると、榊は炬燵の中に足を入れたまますやすやと眠っていた。

水を入れたグラスを置いて、椅子にかかっていたブランケットを榊の肩にそうっとかける。

直達は榊の子供のような寝顔を見つめながら、この人が一番怒っているのは、自分自身に対してなのかもしれないなと思った。

ムーが椅子の上で座ったまま、こくこくとうたた寝をしている。

直達は静かに消灯して、部屋を出た。

6

ゆったりとした休日の朝、直達がパジャマから私服に着替えていると、スマホの通知音が鳴った。

LINEを開くと、達夫から予期せぬ事後通知が入ってきた。

『榊さんの母、居場所判明』

『探偵会社より速達郵便』

「はあ⁉」

その直後、玄関の方から配達員の声が響いた。

「すみませーん。榊千紗さんに、お届けものでーす」

緊急事態だ。

シャツの上から腕を通しかけていたパーカーを首にぶらさげて、寝癖も直さず部屋を飛び出した。

転げ落ちるように一階へ降りると、玄関では榊が判子《はんこ》を押して、配達員からまさにそれらしき封筒を受け取っているところだった。

差出人『門司《もじ》探偵社』の文字を見て、榊が眉をひそめる。宛先は榊になっていた。

「探偵……？」

「あっ、あの、そ、それ！」

封筒を目掛けて一目散に飛びついたはいいが、榊を前にして言葉に詰まった。

「は？」

「すみません！」

説明するよりも先に、直達は封筒を略奪することにした。

榊が全力で抵抗し、両手で封筒を握りしめる。

「何⁉」

「いや、ちょっと！　ちょっとだけ！」

「なんなの？」

なかなか手を離さない榊に、直達が覆いかぶさるようにして食らいつく。

二人はムキになって力尽くで封筒を引っ張り合った。

「だから、あの、一旦、落ち着いてっ」

「はぁ？　そっちが落ち着いてよ」

「いやだから」

「なーにもう、どういうこと？」

ようやく榊が、直達の手から封筒を引き剝がす。

「ちょっと」

「はぁ⁉　何？」

そこへきて更に封筒に手を伸ばす直達を、榊は渾身《こんしん》の力で押し退《の》けた。

二人は呼吸を整え、冷静さを取り戻す。

「あの。その封筒……うちの父が……榊さんが、お母さんと会ってないって聞いて……それで……何か、できることがあるならって」

直達が観念して、言い淀《よど》みながらも真実を白状する。

それを聞いた榊は押し黙ったまま、振り向きもせずに自分の部屋へ引っ込んでしまった。

部屋に籠もると、榊は封筒をベッドの隅に放り投げ、頽《くずお》れるように畳に膝をついた。

感情が綯《な》い交ぜになって体温が上がっていくのを感じ、両手で前髪を掻き上げる。

口では散々もう懲り懲りだと言っておきながら、心は未だに母親を求めていた。

指の隙間から封筒を覗き見る。

十年間待ち望んだ母親の情報が、今、目の前にあった。

榊は封筒を手に取って息を呑むと、心の中で自分を励ました。

ひと思いに封筒の端を手で千切って開封し、中に入っていた報告書を取り出す。

達夫は家族への後ろめたさからか、調査で得た情報は全て榊に渡すよう指示していたようだ。

資料には、隠し撮りされた母親の写真と共に、現住所や生活状況が細かく記録されていた。

十年ぶりに見る、母の姿だ。


「榊さん」

直達は襖越しに榊を呼んだ。

思った通り返事はないが、今回ばかりは引き下がるわけにはいかない。

「榊さん。入りますね」

襖を開けて部屋に入ろうとした時、紙束をばさばさとめくるような音がして、榊が咄嗟に何かを隠すような仕草が見えた。

封筒が見当たらず辺りを見渡す。と、開封済みの報告書がベッドの隅で布団に埋もれているのを見て、はっとした。

ベッドの上に両腕を投げ出したままへたりこんでいる榊の背中に視線を移す。

その表情は見えないが、水槽の底で殻に籠もっているヤドカリのように見えた。

「お母さんに、会いたくないんですか？」

「なんであのオッサンの罪悪感を軽くするために私がわざわざ母親に会いに行かなきゃならんの？」

震える声で、榊は息継ぎもせずに捲し立てた。

「……そしたら……俺が行きます」

直達が啖呵《たんか》を切ると、榊は額に手を当て、疲労の滲《にじ》む重い息をついた。

「はぁ……親子揃って勝手なこと……もうやめてよ……言ったでしょ？　何もなかったことにして、今まで通り暮らしたいって……」

「本当に？」

突っぱねるように榊に攻勢をかける。

直達はたちまち、胃液が沸騰していくのを感じた。自力では波立つことさえできない水溜まりのような感情が今、気泡を生んで煮えたぎっている。

不甲斐ない父が精一杯の想いで託してきたバトンを、無駄にするわけにはいかなかった。

この波を逃せば、きっと一生後悔する。

「俺は……俺は怒ってるよ。榊さんと同じ気持ちにはなれないけど」

ずっと抑え込んできた感情が、堰《せき》を切ったように流れ出した。

「だってその時、榊さんは高校生で、俺は子供で、何も知らなくて。半分持つとか偉そうなこと言って何もできてないけど、でも俺怒ってる！　ふざけんなよって思ってる！　何してんだよって！　みんな大人なのに何やってんだよって！　俺らのこと平気で捨てた父さんも。そんな父さんと今も一緒にいる母さんも！」

瞼の内側に何か温かいものが膜を張り、オハジキで透かしたように榊が霞《かす》んで見えた。

鼻先に弾けるように落ちてきたその意外なものの正体に、直達は驚いた。

そうか、自分は今泣いているのか。

祖父の家から実家に帰ったあの日以来、自分はまだ一度も泣いたことすらなかったことに気が付いた。

「お盆で殴られても、俺に知られても、ちゃんとした説明一切ないし……『自分のことちゃんとした人間と思いたい』？　自分のことばっかり……大人のくせになんでそんなバカなの？　なんでそんな情けないの？」

激しい怒りとは無縁のような、澄んだ光の粒が視界の邪魔をする。

こんな格好悪い姿は榊に見られたくはないというのに、心はずっとこうしたかったと叫んでいた。許せない、許したくない、いい加減にしてくれと喚《わめ》いている。

「『何もなかったことにして暮らしたい』？　……何もなくないじゃないですか……だって榊さん傷ついてるじゃないですか！　今でも怒ってるじゃないですか！　俺は怒りたい！　そのおばちゃんに、怒りぶちまけていいと思う」

溢れ出した光の粒が、雫《しずく》になって落ちていく。ぽつりぽつりとまた零れて、それは空知らぬ雨のように止めどなく溢れ出した。

どうにもならないとわかっていても、せめてこの感情を誰かに知っていてほしい。誰に対しても怒れなかった自分が許せないから、代わりに誰かに認めてほしかった。

涙を引っ込めようとすればするほど、嗚咽《おえつ》が漏れて嫌になる。こんな自分、榊に子供扱いされても仕方がないと思った。

滲んだ視界の中で、榊が振り返る。

その瞳が夕暮れ色に染まっているように見えて、直達は瞬きをした。

榊がそっと立ち上がり、こちらをまっすぐに見つめ返す。その顔は河原で初めて見つけた時の、ムーによく似ていた。

「ごめん……ごめんね、直達くん……怒りたかったの、知らなかった。……いいよ。怒っていいよ。怒って大丈夫だよ」

怒れなかった自分を、榊が許してくれた。

それだけで生きる力が湧いてくる。

本当の自分を誰かが知っていてくれるというだけで、心がすっと軽くなった。それがどんなに醜く恥ずかしい姿でも、さらけだしたのは鎧《よろい》を脱いだ自分自身だ。

辛い、悲しい、怒りたいという感情をなかったことにして、蓋をし続けることに、こんなにも心を追い詰められるとは思わなかった。

きっと榊は、ずっとこんな気持ちで過ごしてきたのだ。

慣れない感情に頭がぐらぐらして、立っているのもやっとだった。

直達の泣き声はひとつの大きな波のように、漂流していた二人の心を岸まで運んだ。

第3章

向合い傘

1

薄明けを迎えた早朝、榊は姿見の前で、真っ青なワンピースの上に爽《さわ》やかな水色のロングコートを羽織った。

自分の鼓動が聞こえるほど静かな朝の襖を開けると、ひと筋のまばゆい光が差して榊の凛然たる表情を優しく包み込んだ。

最高か最低かで言えば、もう十年も最低な気分だった。

水面に薄く張った氷の上に足を乗せるように、榊は一歩踏み込んだ。

止まった時計の針を動かすために欠けていた部品が、ようやくもう少しで揃いそうな予感がする。

あの夜直達から溢れ出た涙は、今という場所に留まらない覚悟が必要であることを、榊に教えてくれた。

玄関の外では、直達が待っている。

今日はこれから、海へ向かう。

「榊さんのお母さんに会いに行くこと、うちの父には言わないでおきますね」

バスの後部座席で隣に座りながら、直達は思い出して言った。

「え？」

「言ってたじゃないですか、『なんであのオッサンの罪悪感を軽くするために私がわざわざ母親に会いに行かなきゃならんの』って」

直達の提案に、榊はぷっと吹き出した。

「直達くん、意外と極悪だねえ。全然いい子じゃない」

ぴんと張り詰めていた緊張の糸がほぐれたように笑う榊を見て、直達も頬を緩める。

「……榊さんのお母さんは、どんな人なんですか？」

「これから怒りに行く人のパーソナリティ聞いてどーすんの？」

「……たしかにそうですけど」

バスが住宅街を抜ける。

忽然《こつぜん》と車窓を埋め尽くした果てしない海を見つめて、榊はぽつりと答えた。

「……優しい人だよ」

直達はこの時初めて、榊がまだ母親を愛していることに気が付いた。もしも憎んでいるとしたら、こんな寂しそうな顔はしないだろう。

その横顔は孤独に片割れ、愛されたいと泣いている三日月のようだった。

目的の停留所でバスを降りると、榊は何食わぬ顔で鞄から黒いサングラスを取り出した。明らかに変装用のそれではあるが、一応聞いてみる。

「なんすか、それ」

「日差しが眩しくて」

さほど眩しくもない太陽に手をかざし、どう見ても大きすぎるサングラスを装着する榊をそのままにして、直達は先を歩き出した。

「……行きましょ」

いくら榊が強がっていようが、母親に会うのが怖いのだろうということは見え透いていた。もしも母親が自分のことを覚えていなかったら、それこそ立ち直れなくなるだろう。

サングラスをかけながら、榊は鎧を身に纏っている。

そうやって目くらましを投げながら、十年間なんとか気持ちを誤魔化《ごまか》し続けてきた人だ。

見栄《みえ》を張った大人ほど、本当は人一倍臆病で脆《もろ》い。

きっとその目くらましは今から対峙《たいじ》する現実には通用しないとわかっていながら、榊は自分が傷つかないための言い訳を身に着けたのだ。

＊

探偵に依頼した行方調査の件が気になって、結局達夫はシェアハウスの近くまで来ていた。行こうか、行くまいか、檻《おり》の中の熊のようにうろうろしながら、絆創膏《ばんそうこう》越しに鼻を揉む。

土手道で思案に暮れていると、背後から「すみません」と男性の声が聞こえた気がして振り返る。きょろきょろと辺りを見回していると、橋の方からごろごろ音をたてながら、見知らぬ男性が達夫の目の前までやってきた。

「あのう、すみません」

もう一度声をかけられて、ようやく自分が呼ばれているのだと気が付いた。

「はいっ」

見ると、自分と同じ歳くらいの男性が、野菜と果物の箱を積んだキャリーカートを引いて立っていた。

「この辺りに、トーテムポールが立ってる家があるって聞いたんですけど」

男性は白髪交じりの頭で、物腰柔らかく訊ねてきた。

トーテムポールがある家なんて、日本中探しても数えるほどしかないのではないだろうか。

達夫はついさっきまであれこれ思い悩んでいたことも忘れて、朗らかな笑顔を見せた。

「ああ、ありますよ。あっちです。ご案内しましょうか」

「え、いいんですか。すみません」

出逢ったばかりの男性を連れて、達夫はシェアハウスに向かって歩き出した。

＊

海沿いの住宅街を榊と一緒に歩きながら、直達は広大な庭に大きな松とヤシの木が生えた、豪壮な邸宅の前で足を止めた。

遠目で表札を確認すると、『高島吾朗《たかしまごろう》　紗苗　美由《みゆ》』の字が彫られていて、その横で『さなえピアノ教室』の看板が風に揺れている。玄関先には子供用の自転車と、クリスマス前のリースやイルミネーションが飾られていた。

明らかに裕福で幸せそうな佇まいの邸宅を直達が見上げていると、後ろで榊が、かけていたサングラスを外して見切りをつけた。

「報告書に書いてあった。子供は今の旦那の連れ子だって。もういい。ここで充分。見れてよかった。諦めがつくっていうか、もう期待しないで済む」

鞄にサングラスをしまうと、榊は淡い片想いを思い出すような顔でこちらを向いた。

「あの人にはあの人の……もう違う人生がある。帰ろう」

そう言って風になびく髪を耳にかけ、来た道を引き返そうとする榊を無視して、直達は庭に足を踏み入れた。

玄関に向かって歩きだす直達に、榊が慌てて駆け寄ってくる。

「ちょ、ちょっと！　ダメだってば」

直達が背中に下げていたショルダーバッグに、榊が摑みかかってきた。

今からしようとしていることが間違いだろうがなんだろうが、ここまで来て手ぶらで帰ることの方がずっとダメな気がする。

腰にしがみついて爪先で砂利を搔いている榊の体重をひしひしと感じながら、力尽くでインターホンまでの距離を一歩一歩縮めていく。

あと少し、もう少しで指先がインターホンに触れるというところで、白い一台のワゴン車が庭に入ってきた。

直達が振り返ると、運転席の窓を開けた女性が、榊に気付いて嬉しそうに微笑んでいた。

「……千紗」

雪のように儚《はかな》げで美しいその女性こそ、榊の母、紗苗だった。

2

「ちゃんと会えたかなぁ」

シェアハウスの中庭では、茂道が成瀬と颯と共に焚火《たきび》を囲んでいた。その火で濡らした新聞紙とホイルで包んだ芋を焼きながら、直達と榊の行方を案じる。

ぱたぱたとうちわで炭を扇《あお》ぎながらぼやいた茂道に、颯が両手を焚火にかざしながら答えた。

「どーっすかね、血が流れてるかもしんないすね。俺、蟷螂拳、伝授しちゃったし」

「蟷螂拳？」

茂道が聞くと、颯は誇らしげにしゃあっとカマキリの威嚇の仕草を披露した。

人差し指と中指を鎌に見立ててくねくねと腕を振り回す颯を見て、茂道はどうか二人がこの怪しげな技を使うことなく、無事に帰ってくることを切に願う。

隣で芋の焼き加減を観察していた成瀬が、トングの先で炭をつついた。

「千紗ちゃんは十六歳のまま時間が止まってる。自分だって動かした方がいいことは、わかってるだろうさ」

榊と直達の出逢いが、偶然か運命かはわからない。それでも直達の存在は、十年間止まったままの榊の時計を動かすきっかけになるのではないか。成瀬の言葉を聞いて、茂道はそんな期待を甥に抱いていた。

ふと、どこからかムーの鳴き声が聞こえ、茂道があたりを見回す。

玄関の方を見た颯が、トーテムポールの頂上から降りられなくなっているムーを見つけた。

「ムーちゃん！　ムーちゃん！」

成瀬を先頭に、茂道達は大慌てでムーの救出に向かった。

「はいはい、ストップストップ」

と言いながら、颯がオロオロとムーに向かって手を伸ばす。

三人でトーテムポールの周りを囲い、いつでもムーを受け止められる体勢をとった。

「じっとしてて！　助けるから」

茂道はオタオタ狼狽えながら、必死にムーを励まし続けた。

成瀬もあわあわと両手を広げてみせてはいるが、頂上には届いていない。

大の男達がてんやわんやに協力し合い、ようやく颯がムーの身体を救いあげることに成功した。怯えた声で鳴いていたムーが、颯の手の中に包まれて大人しくなる。

「あぁ〜、良かった良かった。良かったねぇ〜、ムーちゃん」

そう言って茂道が愛おしげに目を細めていると、隣で成瀬がシェアハウスに向かって歩いてくる二人の男性を見て呟いた。

「あ、サカキン来た」

「サカキン？」

颯に聞かれ、成瀬が答える。

「うん、千紗ちゃんのお父さん。今は田舎で暮らしてるんだ」

そこまで言って、成瀬は自分の目を疑うように瞼を擦《こす》った。

「あれ、あの一緒にいるのは……」

「直の父親、ですね」

二人を指差しながら茂道が言うと、颯が目を丸くして振り返った。

「え……」

「とするとつまり……？」

それ以上は恐ろしくて声にも出せないというように、成瀬はわなわなと震えだした。

「寝取った男と寝取られた男が……」

「にこやかに談笑しながら歩いている……」

颯の言葉を、茂道が引き継ぐ。

颯がすかさず腕の中のムーに手をかざし、見てはだめよと母親のように首を振る。

榊の父、謹悟《きんご》と達夫が足並みを揃えて向かってくる悪夢のような光景に、茂道と成瀬は口に手を当てて戦慄した。


「ご親切に、ありがとうございました」

「どなたかお知り合いが？」

頭を下げる謹悟に、達夫が親しげに聞く。道案内をしているうちに、謹悟とはすっかり打ち解けてしまった。

「ええ。大学時代の親友が住んでまして。彼が外国から帰ってきたので、今年作ったみかんを差し入れがてら」

「いいですねぇ、みかん」

「あぁ、よかったら」

と謹悟がキャリーカートの縄を外し、積み荷の中からごそごそとみかんを引っ張り出した。

「いえいえ、大丈夫ですよ」

「あのね、今年のみかんは甘いんですよ」

遠慮する達夫に、謹悟がいくつかのみかんを握らせて笑った。

達夫も愛想よく両手の平いっぱいにみかんを包み込んで微笑んだ。

「ありがとうございます」

「うちの娘もあの家にお世話になってるんですよ」

「娘さんが、そうですか」

にこにこと和やかな笑みを浮かべていた達夫の表情が、たちまち固まった。自分は今とんでもないことをしているのだと気付き、体中の血が凍っていくように青ざめた。

「どうもありがとうございました」

謹悟はそう言ってお辞儀をすると、シェアハウスへ向かって歩いていった。

「あ、あの……」

達夫は声を振り絞ったが、唇が震えてそれ以上は言葉にならなかった。蚊の鳴くようなその声も、キャリーカートのタイヤがごろごろと地面を転がる音で、やすやすと掻き消されてしまう。

達夫の手から、みかんがひとつ、転げ落ちていく。

このみかんは、決して受け取ってはならないみかんだった。

シェアハウスの塀から、住人達が顔を覗かせているのが見える。そこに息子と榊の姿がないことを確認するまでの間、心拍数が上がり過ぎて気を失いそうになった。

今すぐ謝罪してこのみかんを返すべきなのに、どうかこのまま気付かないでほしいと願ってしまう。

謹悟との初めての出逢いが妻の不倫相手としてではなく、道案内をしてくれた親切な男としてであることに胸を撫で下ろすと同時に、自己嫌悪した。

このままでいいじゃないかと、耳元で悪魔が囁《ささや》く。私があなたの家庭を壊しましたなんて、自白する勇気はない。みっともない話だが、達夫はその誘惑に抗うことはできなかった。

成瀬に手を振っている謹悟の背中に向かって、せめてもの罪滅ぼしに深々と頭を下げる。

息子に愛想を尽かされるのも、当然の報いだと思った。

ただの自己満足だとわかっていても、自分を取り繕うことをやめられない。こんな自分でも偽善者ですらなくなったら、藁《わら》のカカシ同然になってしまうような気がして怖かった。

*

高島家のリビングは、幸せな家庭そのものだった。

直達が室内を見渡すと、棚の上にはまだ幼い娘、美由の写真がいくつも並んでおり、部屋の片隅にはぬいぐるみや絵本が綺麗に整理されたおもちゃ箱がある。

壁にはクレヨンで画用紙に描かれた桃色の絵が数枚飾られていて、紗苗の似顔絵には「まま大すき」という可愛らしい文字が添えられていた。その反対側にはピアノと勉強机があり、敷地の広さが窺える。どこもかしこも陽光に包まれた、日当たりのいい室内だった。

そんな地獄のようなリビングに通されて、直達はソファに座る。つけっぱなしの暖房で室内は暖かかったが、上着を脱ぐ気にはなれなかった。座り心地までふかふかで、押しつけがましい安らぎに背筋がぞわぞわする。隣に腰掛けた榊も、コートを着たままだった。

「お父さんは、元気？」

紗苗が花柄のティーカップに淹れたお茶を二人の前に置いて、さも久しぶりに帰省した愛する娘の近況を心配するかのように聞いた。

「さあ」「まあ」

榊と直達が同時に答えた。

「どっちの男のこと、言ってます？」

「……あなたよ」

紗苗は向かい側のソファに腰を下ろしながら、聞いてきた榊にそう返した。

「それはあんまりなんじゃないですか？　人の家をめちゃめちゃにしておいて、その後どうなったかも訊かないんですか？」

言われて紗苗は、榊の隣で黙り込んでいる直達の顔をちらと見た。

「ごめんなさい……」

「謝らないでもらえます？」

呆れる榊に、紗苗はあくまでも穏やかに聞いた。

「……どうして？　謝ってほしくて怒ってるんじゃないの？」

直達はその言葉に、アスファルトが溶けて踏むとぶよぶよするような気持ち悪さを覚えた。同じような違和感を、以前父にも感じた覚えがある。

失ったものは戻ってこないのに、謝られることに意味はあるのだろうか。謝ってスッキリするのは、加害者だけのように感じる。

紗苗は今、たったひと言ごめんなさいと言うだけで、古傷を美化しようとしているのだと気付いてぞっとした。

自分達の十年間が、まるっきり無視されている。

「それならあなた達は、私の今の生活を、めちゃめちゃにしに来たの？　するんなら早くしてちょうだい。私だって本当は、こんなふうに幸せになっちゃいけない人間だって、ずっと思ってきたわ」

まるで大したことではなかったかのような紗苗の態度に気が滅入《めい》る。

ふと視線を落とすと、隣に座っている榊の拳が膝の上で震えていた。ぎゅっとコートを握りしめているその皺が、怒るまいとする榊の我慢をおのずと示している。

紗苗にとって、自分達は待ち望んでいた災厄なのだと思い知った。

「ダメだ。帰りましょ。俺らが怒って暴れまわったところで、このオバチャンの罪悪感が軽くなるだけですよ」

直達は紗苗の方を見下ろしながら立ち上がると、榊の腕を取ろうとした。

「行こう、榊さん」

「怒ってもしょうがないことばかりだけど、怒らないのは許してるのと同じよ」

そう言った榊の瞳は明らかにいつもと違っていた。物静かな口調とは裏腹に、黒い瞳に炎が燃えている。

テーブルの上には出された時の状態そのままでお茶が残っていたが、榊は灼《や》けつくような眼光で、その湯気の立った花柄のティーカップを睨みつけていた。

紗苗が、ソファから動かない榊に哀れみの目を向ける。

「……千紗は、ずっとこの先もそうやって怒って生きていくの?」

榊の眉がぴくりと動いた。白い肌が赤く染まっていく。

「お母さんは、千紗に幸せになってほしいの」

反抗期の子を諭す母親のような口ぶりで、紗苗はうっすらと瞳に美しい涙まで浮かべていた。はたから見れば被害者は紗苗で、きっと自分達の方が悪者のように見えるだろう。

いつまでも母親面する紗苗にとうとう堪忍袋の緒が切れたのか、顔を上げた榊が猛獣のような凄《すさ》まじさで立ち上がった。

「それはあんたが楽になりたいからでしょ!!」

積年の敵でも見るかのように、榊は憎々しい目で紗苗を睨み据えていた。娘にこんな顔をさせた紗苗は、どんな気持ちでこの剃刀《かみそり》のように鋭利な眼差しを見つめていられるのだろうと思った。

「どーせここにいる全員！　百年後にはいないんだから！　自分が生きてる間くらい、怒ってたっていいでしょう⁉」

榊は紅潮した小鼻を膨らませ、激しい剣幕で紗苗に言い放った。

荒い息遣いで怒りを爆発させる榊を前に、紗苗の右目からひと粒の涙が零れ落ちる。

「……あなた、マトモじゃないわよ」

落ち着き払ったままソファから立ち上がった紗苗が、榊を小さく叱る。

湯気の消えたティーカップの中で、冷めたお茶が榊の影を映し出していた。

「……あなたの、子だからね」

震える声でそう言うと、榊は蠟燭《ろうそく》の灯《あか》りがふっと消えるように静かになった。

目の前に叩きつけられた現実にしくしくと啜り泣く紗苗を、ともし火の消えた目で見つめている。

これほどまでに感情を剝き出しにする榊を見たのは初めてだった。今はもう、怒ることでしか繋がれない母親への武骨な愛情表現なのだと思うと、見ていて胸が張り裂けそうになった。親子というものは、好きを裏返せば嫌いになることができるような、単純なものではないのだということを痛感してしまう。

つと可愛らしい子供の声がママと呼ぶ声がして、リビングの扉が開かれた。

入ってきたのは棚に飾られた写真と同じ顔の、六歳くらいのおさげ髪の少女、美由だった。

「ママー！　いじめられてるの？」

心配して駆けつけてきた美由の目線に合わせて、紗苗がしゃがみこんだ。

「ううん。なんでもないの、大丈夫よ」

美由は紗苗の涙を見て、肩から下げていた水色のポシェットに手をつっこむと、むっとした顔でこちらを見上げてきた。

「アメリカンドリーム!!」

突如謎の呪文を唱えながら、美由がポシェットの中のビーズアクセサリーキットを投げつけてきた。

「イタッ！」

「ちょっ、待っ！」

七色のビーズは惜しげもなく直達と榊の顔面めがけてぶち撒《ま》かれ、部屋中宝石を撒き散らしたように転がった。

「アメリカンドリーム！　アメリカンドリーム!!」

美由は紗苗の制止を振り払い、悪者を退治する正義のヒーローのように逃げ惑う自分達をどこまでも追いかけてきた。

突然の襲撃に為す術もなく、直達は榊と共に玄関の外へ追いやられた。

閉じていく扉の奥で、紗苗は囚《とら》われの姫のように涙ぐみながら、かりそめの魔法少女、美由を愛情の眼差しで見つめていた。

3

「はい……お父さん来てたんだ」

「うん。千紗の顔、見れるかな、と思って」

夕映えした防波堤を歩きながら榊が着信を取ると、電話越しで謹悟が照れ臭そうに言った。

シェアハウスの住人達に焼き芋をご馳走《ちそう》になっていると言う父の声と、パチパチという焚火の音が聞こえてくる。

住人達と父が、仲良く中庭で焼き芋を食べている光景が思い浮かんできて心が和んだ。

そう言えば十年前から、一度も父とは母の話をしてこなかった。顔が見えない今なら、自然と聞けるような気がする。

「お父さんは、お母さんのこと、どう思ってる？　十年前のこと。今も、怒ってる？」

緊張して声が裏返らないように、わざと短く聞いた。父には、いつまでも未練がましくうじうじしている自分を知られたくなかった。

ふいに、焚火の音が遠ざかる。

急な質問に口をまごつかせながら、父が席を立ったのがわかった。

「いやあ、怒ってるっていうか……、びっくりはした。そういう世界があるのは知ってたけど、ウチなんだ……って。まぁ、出ていかれるまで何も気付かなかったからには、お父さんにも色々、原因はあったんだろう」

ただ運がなかった、というだけのことのように言う父に、榊はふっと鼻で笑った。

十年間ずっと罪の意識に囚われながら、魔除《まよ》けのように幸せを寄せ集めてきた母のことを、父はもう気にもかけていないようだ。

「……なんか、私だけ怒ってるね」

「千紗には辛い思いをさせたよな……お母さんのこと、大好きだったから」

父が自分のことを、好きでもない父親と暮らしていくしかなくなってしまった娘として気の毒に思っているのだろうということは薄々感じていた。

加害者は復讐を恐れているのに、被害者は自責の念にかられている。現実は理想には到底敵わなくて、怒っているのも馬鹿らしくなってくる。

父のせいだと思ったことは一遍もなかった。母が失踪しても変わらずにいてくれたことが、榊にとって唯一の救いでもある。

もしも父が自暴自棄になっていたら、それこそ耐えられなかったかもしれない。

たくさん言葉が浮かんできて、色んな想いが過ぎったけれど、やっぱり今は伝えないでおこう、とイタズラな気持ちが湧いて頬が緩んだ。

いつか一緒にお酒でも飲みかわしながら、笑い話にできたらいい。そんな日がきたら今度こそ言ってあげよう、お父さんで良かったと。

榊はいつものようにそっけなく、父に別れを告げた。

「じゃ、またね」

「うん。じゃあね、元気でな」

「ん」

＊

なんか私だけ怒ってるね、と言った榊の言葉が、直達の胸にずしっとのしかかる。

怒りたいと言って榊を連れ出しておきながら、紗苗を怒ることができなかった。

そのせいで、怒りたくなかったはずの榊に怒らせてしまったことに、直達は負い目を感じている。

「怒るつもりはなかった。私が怒ったら、負けだって、わかってたのに……」

通話を切った榊が、こちらを振り向かずに呟いた。

「……怒ったのは……ちゃんと向き合おうとしたからじゃないですか」

怒ってしまったことを後悔して俯いている榊の隣に歩み寄り、直達は敬意を込めて言った。

浮かない顔で頭をひねる榊に、直達は自分を卑しめる。

「俺なんか、あのオバチャンの物語に付き合ってやる義理はないと思っちゃって。怒るのが面倒になったんです。自分の親に対してもそうで。いつもそうやって、自分の感情からも、相手の感情からも、逃げ出して」

そう言いながら、直達は自分で自分の化けの皮を剝がしていることに気が付いた。聞き分けのいいふりをするのは、そうすることが一番安全だとわかっていたからだ。榊のように怒れないのは、家族のことをそれほど好きではないからなのかもしれないと思った。

「他人のために、エネルギーを使ってやれない。……俺は、本当は、そういう、冷たい人間なんだなぁって……」

「違う」

榊は足を止め、自虐的になっている直達をまっすぐに見つめてきた。

「それは、違う。冷たいとかじゃなくて、冷静なんだよ、直達くんは。そういう人は、世の中には必要なんだよ」

一点の曇りもない榊の表情が、無力感に支配されていた直達の胸にこたえた。榊にそう言われると、まるでごみ屑《くず》のように思えていた自分が、少しはマシに思えてくる。

「……だから、救われてる」

そんな榊の言葉に救われたのは、自分の方だった。

冷たいふりをしていつも手を差し伸べてくれる榊に、今まで何度も救われてきた。世の中に必要とされたって、榊に必要とされなければなんの意味もない。そう正直に伝えてしまえば、榊はもう傘も渡してくれなくなるだろうか。

瞬きのない真剣な表情から、榊がにわかに歯を見せる。

「あー！　お腹すいちゃった！　うまいもん食って、今日のことは忘れよう。行くよ！」

暗い空気を吹き飛ばすように、榊は直達の背中を叩いた。

「あ、はい！」

それで良いのか、その方が良いのか。忘れてしまうべきなのだろうかと、直達はすっきりしない気持ちのまま、笑って誤魔化すことにした。

きっと榊も同じように、煮え切らなかったこの旅に、自分達はただ美味しいものを食べに来たんだという意味を持たせたいのだと思う。

ぽつねんと一軒だけあった海沿いのレストランに入ると、店内には陽気なクリスマスソングが流れていた。

直達は榊と窓際のテーブル席に着いて羽を伸ばし、好きなだけの料理を注文した。

窓の外は既に太陽が隠れ、水平線を赤く染めている。水面を滑る船は航跡を描き、静かな海に波紋を立てていた。

「ん〜海老プリップリ。うまっ」

海老フライを食べて舌鼓を打つ榊につられて、直達も薄焼きマルゲリータピザを口に頬張り、喉を唸《うな》らせた。

「うん！　ピザもプリップリ！」

「それどういう意味ですか、詳しく聞かせてもらってもいいですか」

「すいません」

手に取れば濃厚なチーズがとろとろと垂れ、嚙めばパリパリのクリスピーに、中はもっちりとした弾力、バジルの香りが鼻に抜け、じゅわっとトマトの酸味が広がる！

たしかに、プリプリ感はどこにもなかった。

「んう！　おいし！　めっちゃ柔らかい」

続けて口にしたステーキをフォークで指し示し、榊が目を輝かせた。

直達もすかさずその皿に手を伸ばし、カットステーキを口に放り込む。

「美味しい！」

と言いながら、ホクホクと笑いがこみあげてくる。二人は互いにからかい合って、目の前のご馳走を存分に味わった。

胃の中を幸せで満たしている間だけは、余計なことを考えずに済んだ。

透明なガラス板を隔てたその奥で黒い海がこちらを覗いているけれど、そんなものには無関係を装って榊といつまでも笑っていたかった。

至福の時を過ごしていると、すうっとプランクトンの死臭がして、店内に賑やかな家族客が入ってきたのがわかった。

遠くから海老フライを連呼する聞き覚えのある少女の声がして、直達は陶酔から目を覚ます。

いよいよ店内の角を曲がってきた親子連れの中に紗苗の姿が見えて、それが高島家かもしれないという嫌な予感は確信に変わった。

忌まわしい現実が、歌をうたいながら歩いてくる。

榊も直達の視線を追って振り返ると、うまく笑えなくなった顔でフォークを置いた。

目が合った紗苗が、繋いでいた美由の手を離し、慌てて現在の夫らしき男の腕を引く。

「……ね、今日やっぱり家でご飯作ろうか」

店員に案内されたテーブル席の前で紗苗がそう言うと、隣でお子様用の椅子に座った美由がぷいっとそっぽを向いた。

「えーっ！　エビフライの日だもん！」

人の良さそうな紗苗の夫、吾朗の顔は、どこか達夫に似ている。吾朗は自分の唇をとんとんと指さして、眼鏡の下の垂れ目をにこにこさせた。

「パパも、もうね、ステーキの口！　はいはい、座って座って。はいどうぞ」

椅子を引いて紗苗を座らせ、吾朗も二人の間に腰を下ろす。

「よーし選ぼう！　何にする？　美由」

「パパ、ビール飲んでいいよ」

テーブルに立てたメニュー表を真剣に眺めていた美由がそう言って顔を上げると、吾朗は歓喜の拳を突き上げた。

「え！　やったぁ〜！　ありがとうございます！」

「美由、コーラ飲みたい！」

「よし、じゃあ乾杯しようか」

そんな楽しそうな一家の姿を目の当たりにしていた榊が、くすっと微笑んだ。その寂しそうな横顔は、もう窓の外の暗い海を見つめていた。

「……頼みすぎたね。私、お腹いっぱいになっちゃった。全部食べていいよ。私、バス停にいるね」

食べ始めたばかりの料理とお金を置いて、榊が先に店を出ていく。

直達は遠い所でも見るように、テーブルの上の残飯を眺めた。

数分前まで目の前にあった幸せは、一挙にどこかへ退いていってしまった。艶やかに照り映えていたご馳走も、ひとりで見るとどうということもない、ごく普通のファミレス料理だ。あの夢のような時間は、その通り束《つか》の間の幻だったのかもしれない。

後ろでステーキを注文する吾朗の声が聞こえてくる。

直達は手を挙げて店員を呼んだ。

余った料理を持ち帰り用に包んでもらい、会計を済ませると、背後から女性の声が駆け寄ってきた。

「あの！　すみません。ごめんなさい。本当にごめんなさい」

店を出ようとした直達が振り返ると、膝まで頭を下げている紗苗がいた。

怒らないのは、許しているのと同じだと言った榊の言葉を思い出す。

直達は父の時と同じように、その旋毛を見下ろした。

「今、いくら持ってます？」

ぽかんとして顔を上げた紗苗が、表情を曇らせた。

「……お金？」

「お金です」

紗苗が財布から三万円を差し出すと、直達はそれをぞんざいに取り上げて、そのままレジ横にある募金箱に突っ込んだ。

後はもう紗苗には目もくれずに店を出た。話すことなど何もなかった。

直達は、榊が紗苗のことを大好きだったということを忘れないことにした。

榊が今日のことを忘れようと言ったのは、きっとその気持ちに行き場がないからだ。

榊の行きはぐれた感情を、自分だけはずっと覚えていてあげたいと思った。

4

「榊さん」

停留所のベンチに座り、たった今行ってしまったバスを眺めていた榊が直達の声に振り向いた。走る直達の横を、バスが通り過ぎていく。

「早かったね」

後ろめたさに目を逸らした直達を、榊が訝《いぶか》しがる。

「どうかした？」

直達は観念して、榊の隣に腰を下ろした。

「……また、カツアゲ、しちゃいました」

「は？」

「榊さんのお母さんが、謝ってきたから。三万円、カツアゲして、そのまま募金箱に……」

「……君、すごいことするね」

そう言ってぷっと吹き出し、腹を抱えて笑う榊を見て、直達は胸を軽くした。

辺りは闇に包まれ、目の前には端の見えない黒い海が広がっている。

街灯の下で笑う榊は、地球上でたった一輪だけ咲いた白い花のように美しかった。

波の音以外何も聞こえない闇の中にいても、不思議と恐ろしさは感じなかった。隣に榊がいるというだけで、希望のようなものを感じられる。

直達は視界を埋め尽くす大海原に、この希望の光を絶やさないことを誓った。

「あ、さっき最終バス行っちゃった」

「え？」

＊

今晩、同じ部屋で榊と二人きりの夜を過ごす。

苦労の末、何とか古い民宿の空き部屋をとることができたものの、図らずも榊と相部屋になってしまった。

若い男女が外泊なんて、ひょっとすると破廉恥《はれんち》なのではないだろうか。

貸し切り状態の誰もいない湯舟の中で、直達は緊張と邪念を洗い流すべく、息を止めてお湯の中に沈み込んだ。水中でどきどきと心臓の音が聞こえてきて、もう限界だと顔を上げる。息苦しさから解放されるとまた邪《よこしま》な気持ちが湧いてきて、もう一度風呂の中に潜り込む。そんなことを全身が真っ赤になるまで繰り返した。

今朝、バスに乗り込んだ時には予想もしていなかった展開だ。

湯上がりでのぼせた身体を冷まし、浴衣に着替えた直達がそうっと部屋の襖を開けると、髪を括《くく》り上げた浴衣姿の榊が、グラスにビールをついでいた。

「長かったね。のぼせちゃったのかと思った」

「い、いえ」

直達も座卓を挟んで榊の向かい側に腰を下ろした。少しはだけた襟から榊の生っ白い首筋がちらちらして、ふわりと湯の花の香りがする。前髪の生え際に滲んでいた汗が榊の頬を涙のように伝っていき、直達はまだ乾ききっていない髪をタオルで拭いながら、のぼせ上がった心臓に冷気を送った。

榊は袖をまくってビールグラスに唇をつけると、直達が持ち帰ってきたレストランの食事を袋からがさがさと取り出して座卓に並べ、湿っぽい睫毛を伏せた。

「食べよ。ありがとう。本当はお腹いっぱいになんかなってなかったの」

そう言って割り箸と、余った海老フライの容器を榊に渡され、直達は透明のフードパックから輪ゴムを外した。レストランの料理も、こうなってしまえばまるでお祭りの屋台グルメだ。

ささやかな榊との思い出が、またひとつ増えていく。

完食しきる頃には、二人とも腹を気球のように膨らました大魚よろしく、もう一歩も歩けなくなっていた。

「あー！　お腹パンパンパンのすけ……」

浴衣の帯が苦しくて座ってもいられなくなった榊が、畳の上に寝そべって音を上げる。

「俺も、お腹いっぱいのすけ……」

直達もそう呟いて、息絶えるかのように仰向けになった。

せり出した腹に両手を置き、榊と共に天井を見上げる。

「じゃあ肝試し行こうか」

ほろ酔いの榊が閃《ひらめ》いたように言った。そんなお祭り気分の榊に、直達も気楽に返す。

「……行きませんよ」

「じゃあ、枕投げ」

「しませんて。修学旅行の夜じゃないんだから」

「好きなコの名前言い合いっこしようか」

にやっと口角を上げる榊を見て、直達は呆れるように鼻で笑った。

「は、恋愛しないって言ってんだから、言い合いになんないじゃないですか」

「だよね」

そう言って榊はくつくつと笑うと、腹の上に乗せていた両手を目の上に移動させた。

「……みんなさぁ、しれっと幸せになってるじゃん。なんか……バカバカしいわ」

座卓脚の間から覗く榊の横顔は、手で覆われていて表情が見えない。

確かに紗苗は幸せそうだった。何ごともなかったかのように父も熊沢家に戻ってきた。

榊がバカバカしいと感じるのは、自分を捨てて幸せそうにしている母親から、ずっと昔に向けられていた笑顔をいつまでも忘れられないからだろう。

「……直達くん。君は幸せになるよ」

榊が泣いているような気がして、直達は言葉を探した。

恋愛しない宣言をしたことに責任を感じているのだとしたら、それは違う。自分が恋に踏み出せないのは、生まれて初めて恋愛をしたいと思えた人が、目の前にいる榊だからだ。

直達は力強く言い返す。

「……榊さんも幸せになります。大丈夫です」

夜のバス停で彼女の孤影を見つけた時、本当は思い切り抱きしめてやりたかった。暗闇の中で白い花を咲かせたように健気に笑う榊を見て、思わず泣きそうになった。

榊が恋愛をしない理由が紗苗への反抗心なら、その気持ちが変わるのを待つ他ない。

直達は天井を見つめながら、いつか心に決めたことを榊に伝えていった。

「榊さんが幸せになることで、お母さんが許されるわけじゃないし、ずっとお母さんのことを怒ってた自分が、いなかったことにされたりはしないです。ずっと俺が覚えておくので。榊さんが怒ってたこと、俺がずっと覚えておくので、大丈夫です」

直達がそう言うと、榊は膝を抱えるように身体を起こした。

その背中に向かって直達がもうひと言冗談を付け加える。

「俺は榊さんより若いから、長く覚えていられるし」

「男の方が寿命短いらしいよ」

「えっ」

榊の肩が、くすっと笑う。

「……約束だよ。ずっと覚えててね。私も、直達くんが怒りたいって泣いたこと、ずっと覚えておくね」

直達が上半身を起こすと、目に涙を溜めた榊の横顔がほんの一瞬だけ見えた。

「見つけてくれて、ありがとう」

そう言って榊は泣き顔を見せないように壁側を向いて畳に横になると、猫のように丸まって静かに眠りについた。

＊

十年ぶりに流した涙は、榊の中の重荷を軽くした。

本当は誰かに見つけてもらえるのを、ずっと待っていたような気がする。

十年前からずっと胸の奥に隠れていたその錘《おもり》の正体は、ただ母親のことが大好きな、十六歳のままの自分自身だった。

涙は葉先を伝う雫のように畳に落ちると、藺草《いぐさ》の間を通り抜け、またどこか遠くの旅に向かって消えていった。

5

朝の冷気がかえって心地よく、榊はコートも羽織らずに真っ青なワンピース一枚で海に出た。

脱ぎ捨てたブーツが潮に洗われて砂を浴びている傍らで、透き通る海に足をつける。爪先が冷たくなればなるだけ、心の中はしんと澄み渡っていく。榊はざぶんと洗い流されていくような気持ちで、波の音に耳を澄ました。

朝日が波しぶきのように降りそそいで海面を輝かせ、川の水は割れた大地に曲線を描いて海に流れ着いている。海風が髪を撫でるようにそよいで、榊を穏やかに包み込んだ。

昨晩の直達との約束を思い出してひとり微笑み、榊は思い切り空を見上げた。

濁りのない青に包まれていると、前を向くことが少し楽になったような気がしてくる。

「千紗も、好きな人ができたらわかる」

という母の言葉は、まだ鼓膜の奥に張り付いている。

それでも、一生消えないかもしれないこの雑音と共に生きてやろうと思えた。

*

民宿の部屋で目覚めた直達は、抜け殻になった隣の布団を見てバネのように飛び起きた。

榊の荷物が残されていることを確認すると、止まりかけた心臓に充分な酸素を送って冷静さを取り戻す。

急いで服に着替えて民宿の外に出てみると、裸足で浜辺に立っている榊を見つけた。

「榊さんっ」

今にも海に溶け込んでいってしまいそうな榊の背中が、僅かにこちらを振り向いた。

車道側から堤防をひらりと飛び越えて砂浜に着地した直達は、波の音に掻き消されてしまわないように大声で榊を呼んだ。

「榊さん、何やってるんですか?」

駆け足で近寄り榊の顔を覗き込むと、その瞳が小さな海のように煌《きら》めいて見えて、直達ははっとした。

振り返った榊が突如、両手で大きく円を描きだす。指先を鎌に見立てて狙いを定めるその動きは、忘れもしない、蟷螂拳の構えだった。

榊の鋭い眼光を浴び、直達が後ずさる。

「なになになに、え?」

次の瞬間、直達のみぞおちに榊の右足が食い込んだ。その勢いで、直達は榊もろとも海の中に尻餅《しりもち》をついた。

「冷たーい!」

「ははっ」

首まで海水に浸かった直達に、榊は更に足で水しぶきを浴びせかけてきた。けらけらと笑い弾ける榊につられ、直達も笑いが込み上げてくる。

榊に出逢えた。それだけでも奇跡だと思っていた。

それなのに榊はあどけなく笑って、直達の中の奇跡をあっさりと覆してしまう。いたずらな榊の笑顔は、胸の奥の雲間に虹をかけてくれた。

壊れたものはそう簡単には直らない。だからこそ今はまだ壊れていないものを大事にしていきたいと思った。

川も雨も涙も、長い年月をかけて海に返り、また新たな旅路を流れていく。

6

シェアハウスの縁側で、ほろほろと零れるような春の陽射《ひざ》しに麦色の毛並みを撫でられながら、ムーが花瓶の花を翳っている。

直達が学校に向かった後の玄関で、榊は框に座って薄汚れたスニーカーを手に取った。

「それ、直の?」

背後から聞こえてきた茂道の声に、榊はスニーカーを見つめたまま答えた。

「うん、もうキツくなっちゃったんだって」

「さすが成長期」

その言葉に、榊はふふっと微笑んだ。

直達との「のんびり路線バスで気ままに復讐旅」以来、心は垢が落ちたようにすっきりしている。

あれから雪解け水は土壌を洗い、装いを凝らした春の気配が日増しに濃くなってきた。

穏やかな朝の光が差し込む玄関で、胸にほのぼのとした春風が漂ってくる。

隣に胡坐をかいた茂道が、物憂げな顔で見つめてきた。

「榊さん、本気?」

「うん」

何を言われても考えを変える気はない。重苦しさも、投げやりさも感じさせない、清々《すがすが》しい顔で榊はただ頷いた。

「そう……そっか」

引き止める隙を見せまいとする榊に、茂道は隣で何度も小さく頷いてから立ち上がる。

とぼとぼと歩き去っていくその背中を振り返らずに、榊は手の中の履き古されたスニーカーを目に焼き付けた。

ひとりになった玄関で、こっそり直達のスニーカーに右足を入れてみる。

自分の左足と並べると、少し前まで子供扱いしていた直達のスニーカーは、思っていたよりもずっと大きくてぶかぶかだった。

愛してほしくて怒った自分を、ずっと覚えていてくれる人がいる。

あの夜忘れないと交わした直達との約束は、母親からはぐれた子供のような心を、そっと掬い取ってくれた。

直達の優しさは罪悪感からなのだということはわかっている。あの約束以外はもう何も望まないから、せめて直達を自由にしてあげたいと思った。

罪悪感というしがらみから解放してやらなければ、直達はいつになっても幸せにはなれない。

部屋に戻ると、開けっ放しの窓からそよぐ風が、がらんどうになった床の埃《ほこり》を払っていた。

別れを選んだのは、直達に嫌われるのが怖いからでもある。

シェアハウスでの思い出をひとつひとつ拾うように、榊は段ボールに封をした。

＊

「先生変な人がいます！」

授業中、直達の前の席で女子生徒の声が上がった。

窓際が急にざわめきだし、どの生徒も席を立って校庭を覗き込んだ。

騒ぎを落ち着かせようと、教師が生徒達に呼びかけている。

「おじさん？」

直達が校庭を覗き見ると、いつものちゃんちゃんこ姿のままの茂道が校舎を見上げながら校庭に立っているのが見えた。その隣には水色の自転車があり、めったに外に出ない叔父が慌てて駆けつけてきたことが見て取れる。ただならぬ雰囲気を察して、直達は窓を開けた。

窓から顔を出した直達に気付くと、茂道は大きなスケッチブックを掲げて紙芝居のように表紙をめくりだした。

一枚目。前髪をセンター分けにした髪の短い女性が、何やら真剣な表情で描かれている。

「榊、さん？」

二枚目。榊と思われる女性が、部屋の荷物をまとめていた。

三枚目。女性はトラックに積まれた荷物と共に、町を出て行ってしまう。バイバイと手を振る榊と、シェアハウスに取り残されて、悲しそうに泣いているムーの絵だ。

気付いた時には、直達の足はもう走り出していた。

周囲から音が消え、頭の中の靄《もや》が晴れていくのを感じる。

いつの間にか教室を飛び出し、廊下も校門も通り過ぎ、すぐ横には川が流れていた。

好きな場所、好きな人、景色が変わり始めてようやく気付く。好きという気持ちが、抑えようもなく大きくなっていることに。


初めて迎えにきてくれた日は、降りしきる雨の中、傘を持ってきてくれた。

息を切らして汗を流しながら、雨の日に榊と歩いた橋を渡る。

二度目の雨は、同じ傘の下で一緒に歩いた。

走って、走って、ひたすら走って、榊の姿を必死に探す。

視界の隅にようやくその背中を見つけて、直達は足を止めた。

畳まれた段ボールを脇に抱えて川の対岸を歩いている榊を追って、川べりまで降りていく。

必死に呼んだ榊の名前が、川の音に掻き消された。

実際には石を投げれば届きそうな距離なのに、榊の姿は空にある星と同じように、遥か彼方《かなた》に感じた。

すぐそこに姿は見えているのに、榊がどんどん遠くに離れていってしまう。雨の日に傘の外に出ていった榊は走ればすぐに追いつくことができたのに、今度は目の前の水の流れが二人を引き離そうとしていた。

もどかしさを抑えこみ、直達はもう一度土手を駆け上がる。

走って対岸まで回り込もうとして、ちょうど橋を渡ってきた榊にようやく追いついた。

肩で息を整えながら、橋の上で榊の前に差し向かう。

直達は榊を見つめた。

「なんで」

直達が息を切らしながらそう切り出しても、榊は驚いた様子もなく静かに歩みを止めるだけだった。

「なんで家出るんですか」

「……大人には色々あるんだよ」

つるりとした顔で榊が言った。その仮面の下が少女のように稚《おさな》いことを、直達は知っている。

「……もう、そういうのやめてください！」

榊が大人ぶる時は、いつも決まってひとりで抱え込もうとしている時だった。

ひとりぼっちにさせるもんかと決めたのに、気を抜けば榊はすぐに手を振り解《ほど》き、勝手に孤独になろうとする。まるで慣れない愛情に怯える野良猫のようだった。

「そういうのって？」

「大人のふりして、突き放すの」

一瞬、脛《すね》の傷を突かれたような顔をしながら、榊はそれでも表情を取り戻して、直達から目を逸らさなかった。

「……普通に、楽しく暮らしてほしい。直達くんには、自由でいてほしい」

頭の中はもう榊でいっぱいなのに、それは恋じゃないよと言われたような気がした。

榊が母親を好きだという気持ちが行きはぐれてしまったのと同じように、この気持ちが自由になることはない。

微笑む榊を、直達はまっすぐに見つめ返した。

「自由？　俺もう、全然自由じゃない。榊さんと一緒にいたい」

ついに本当の気持ちを榊にぶつけた。榊のいない人生なんて、両親の顔色を窺いながら、美大への進学を諦めていた自分に戻るようなものだった。

人生は自分のものだということを、もう二度と諦めたくはない。

「榊さんと一緒にいること以上に、嬉しいことなんてない」

榊の瞳が揺れ動いたと思った時、空からぱらぱらと天気雨が降ってきた。

持っていた段ボールを雨よけにして、榊が二人だけの屋根を作る。

三度目の雨は突然で、行き当たりばったりの段ボール傘になってしまった。ただ榊と向かい合って入るには、ちょうどぴったりの大きさだった。

悩んで俯いたらアスファルト色で、見上げた空も鳩羽色《はとばいろ》でどんよりしている。上も下も同じ色なら、上を向いてみてもいい気がした。

怒りたいのに、泣きたいのに、ずっと感情を出せずにいた自分を、榊は忘れないと言ってくれた。本当の自分を知って認めてくれる人以上に、心強い味方はいない。あの約束で生きていけるのは直達も同じだった。

「恋愛は、いつか、終わるんだよ」

「終わらないです！」

榊の手から、段ボールを取り上げる。直達がぐっと持ち上げると、榊が両手を伸ばして背伸びをしても、雨除けには届かなかった。そうすることで、もう大人ぶる必要はないということを示したかった。

二人の頭上に雨宿りの屋根を作ると、直達は榊を見つめた。

「終わらせないです」

自分がいなければ、この人の肩が濡れることはなかった。

かつては濡らしてしまった肩を、これからは自分が濡れさせはしない。

榊は戸惑ったように伸ばした手をおろすと、こちらをまっすぐに見つめ返してきた。その瞳が心なしか、雨粒のように潤んで見える。

もう自分の気持ちに嘘をつくのも、いい子なふりをする必要もない。ただこの人を守りたいと思った。

振り返って懐かしむ思い出よりも、二人で色を重ねていく今のほうがずっといい。

「俺は、榊さんが好きです」

「……バッカじゃないの」

榊は長い沈黙の後、どこか諦めたようにくすりと笑った。

いつの間にか辺りはちらほらと傘が泳ぎだし、見渡す景色は水族館だ。

その瞬間直達には、彼女の止まっていた時間が、流れだす音が聞こえた。

〈原作者紹介〉

田島列島（たじま・れっとう）

2008年に新人賞受賞作『ごあいさつ』でデビュー。'14年に開始した連載デビュー作『子供はわかってあげない』は実写映画化もされる人気作となる。'20年に『田島列島短編集ごあいさつ』『水は海に向かって流れる』が評価され第24回手塚治虫文化賞新生賞を受賞。現在「モーニング・ツー」にて『みちかとまり』を連載中。

本書は、映画『水は海に向かって流れる』（脚本　大島里美）の小説版として著者が書下ろした作品です。

講談社タイガ

〈著者紹介〉

森　らむね（もり・らむね）

4月12日、神奈川県生まれ。子供の頃から本の虫で、放課後に図書館に入り浸る日々を送る。本に関わる仕事がしたいと、2017年から講談社編集部で事務をしながら副業でライター業を始める。現在はフリーライターを本業とし、主にノベライズ本や絵コンテ制作を担当。

小説《しょうせつ》　水《みず》は海《うみ》に向《む》かって流《なが》れる

2023年5月16日　第1刷発行　　定価はカバーに表示してあります

著者……森《もり》 らむね

原作……田島列島《たじまれっとう》

脚本……大島里美《おおしまさとみ》

発行者……鈴木章一

発行所……株式会社 講談社

〒112-8001 東京都文京区音羽2-12-21

編集03-5395-3510

販売03-5395-5817

業務03-5395-3615

KODANSHA

本文データ制作……講談社デジタル製作

印刷……株式会社ＫＰＳプロダクツ

製本……株式会社国宝社

カバー印刷……株式会社新藤慶昌堂

装丁フォーマット……ムシカゴグラフィクス

本文フォーマット……next door design

ISBN978-4-06-531447-0　N.D.C.913　200p　15cm

講談社
タイガ

望月拓海

毎年、記憶を失う彼女の救いかた

私は1年しか生きられない。毎年、私の記憶は両親の事故死直後に戻ってしまう。空白の3年を抱えた私の前に現れた見知らぬ小説家は、ある賭けを持ちかける。「1ヵ月デートして、僕の正体がわかったら君の勝ち。わからなかったら僕の勝ち」。事故以来、他人に心を閉ざしていたけれど、デートを重ねるうち彼の優しさに惹かれていき——。この恋の秘密に、あなたは必ず涙する。

講談社
タイガ

路地裏のほたる食堂シリーズ

大沼紀子

路地裏のほたる食堂

イラスト
山中ヒコ

お腹を空《す》かせた高校生が甘酸っぱい匂いに誘われて暖簾《のれん》をくぐったのは、屋台の料理店「ほたる食堂」。風の吹くまま気の向くまま、居場所を持たずに営業するこの店では、子供は原則無料。ただし条件がひとつ。それは誰も知らないあなたの秘密を教えること……。彼が語り始めた〝秘密〟とは？　真っ暗闇にあたたかな明かりをともす路地裏の食堂を舞台に、足りない何かを満たしてくれる優しい物語。

講談社
タイガ

白川紺子

三日月邸花図鑑

花の城のアリス

イラスト
ねこ助

「庭には誰も立ち入らないこと」――光一《こういち》の亡父が遺した言葉だ。広大な大名庭園『望城園』を敷地内に持つ、江戸時代に藩主の別邸として使われた三日月邸。光一はそこで探偵事務所を開業した。

ある日、事務所を訪れた不思議な少女・咲《さき》は『半分この約束』の謎を解いてほしいと依頼する。彼女に連れられ庭に踏み入った光一は、植物の名を冠した人々と、存在するはずのない城を見る。

桜井美奈

幻想列車
上野駅18番線

イラスト
カシワイ

上野駅の幻の18番線には、乗客の記憶を一つだけ消してくれる列車が停まっている。秘密のホームへの扉の鍵を手にした4人が忘却を願うのは、大好きなはずのピアノ、事故で死んだ最愛の息子、最悪のクリスマスイブ、そして幼い頃犯した罪。忘れられるものなら忘れたい——でも、本当に？　自分の過去と向き合うため、彼らは謎めいた車掌と不思議な生き物・テオと共に旅に出る。